GOLDMANN

„... Abends, wenn ich abgespannt bin, greife ich instinktiv nach einem ‚Wallace', bin im Nu in der Handlung, vergesse den ganzen Jammer des Alltags, bin froh und mutig. ADENAUER IN RHÖNDORF"

Edgar Wallace. Das Original.

Alle Edgar Wallace Kriminalromane:

1 Die Abenteuerin.
2 A. S. der Unsichtbare.
3 Die Bande des Schreckens.
4 Der Banknotenfälscher.
5 Bei den drei Eichen.
6 Die blaue Hand.
7 Der Brigant.
8 Der Derbysieger.
9 Der Diamantenfluß.
10 Der Dieb in der Nacht.
11 Der Doppelgänger.
12 Die drei Gerechten.
13 Die drei von Cordova.
14 Der Engel des Schreckens.
15 Feuer im Schloß.
16 Der Frosch mit der Maske.
17 Gangster in London.
18 Das Gasthaus an der Themse.
19 Die gebogene Kerze.
20 Geheimagent Nr. Sechs.
21 Das Geheimnis der gelben Narzissen.
22 Das Geheimnis der Stecknadel.
23 Das geheimnisvolle Haus.
24 Die gelbe Schlange.
25 Ein gerissener Kerl.
26 Das Gesetz der Vier.
27 Das Gesicht im Dunkel.
28 Der goldene Hades.
29 Die Gräfin von Ascot.
30 Großfuß.
31 Der grüne Bogenschütze.
32 Der grüne Brand.
33 Gucumatz.
34 Hands up!
35 Der Hexer.
36 Im Banne des Unheimlichen.
37 In den Tod geschickt.
38 Das indische Tuch.
39 John Flack.
40 Der Joker.
41 Das Juwel aus Paris.
42 Kerry kauft London.
43 Der leuchtende Schlüssel.
44 Lotterie des Todes.
45 Louba der Spieler.
46 Der Mann, der alles wußte.
47 Der Mann, der seinen Namen änderte.
48 Der Mann im Hintergrund.
49 Der Mann von Marokko.
50 Die Melodie des Todes.
51 Die Millionengeschichte.
52 Mr. Reeder weiß Bescheid.
53 Nach Norden, Strolch!
54 Neues vom Hexer.
55 Penelope von der »Polyantha«.
56 Der Preller.
57 Der Rächer.
58 Der Redner.
59 Richter Maxells Verbrechen.
60 Der rote Kreis.
61 Der Safe mit dem Rätselschloß.
62 Die Schuld des Anderen.
63 Der schwarze Abt.
64 Der sechste Sinn des Mr. Reeder.
65 Die seltsame Gräfin.
66 Der sentimentale Mr. Simpson.
67 Das silberne Dreieck.
68 Das Steckenpferd des alten Derrick.
69 Der Teufel von Tidal Basin.
70 Töchter der Nacht.
71 Die toten Augen von London.
72 Die Tür mit den 7 Schlössern.
73 Turfschwindel.
74 Überfallkommando.
75 Der Unheimliche.
76 Die unheimlichen Briefe.
77 Der unheimliche Mönch.
78 Das Verrätertor.
79 Der viereckige Smaragd.
80 Die vier Gerechten.
81 Zimmer 13.
82 Der Zinker.

EDGAR WALLACE

Die vier Gerechten

THE FOUR JUST MEN

Kriminalroman

GOLDMANN VERLAG

Aus dem Englischen übertragen
von Clarisse Meittner

Der Goldmann Verlag
ist ein Unternehmen der Verlagsgruppe Bertelsmann

Jubiläumsausgabe

Made in Germany · 1/90 · 22. Auflage

Druck: Elsnerdruck, Berlin
Krimi 39
Ge · Herstellung: Klaus Voigt
ISBN 3-442-00039-4

Wenn Sie die Plaza del Mina verlassen haben, gehen Sie die schmale Straße hinunter, in der zwischen zehn und vier Uhr die große Fahne der Vereinigten Staaten schläfrig im Winde flattert. Überschreiten Sie dann den Platz, auf dem das Hotel de la France steht, biegen Sie bei der Kirche Unsrer Lieben Frau um die Ecke und gehen Sie dann die saubere, schmale Durchfahrt entlang, die die Hauptstraße von Cadiz bildet. So gelangen Sie zum Café National.

Um fünf Uhr werden nur wenige Leute in dem weiten säulengeschmückten Saal sein, und die kleinen runden Tischchen, die auf dem Gehsteig vor der Tür stehen, sind meist unbesetzt.

Im Spätsommer des Jahres der Hungersnot saßen vier Männer um einen dieser Tische und sprachen von Geschäften.

Der eine war Leon Gonsalez, der zweite hieß Poiccart, der dritte, ein Mann von auffallender Erscheinung, war George Manfred, und ein gewisser Thery oder Saimont war der vierte. Von diesem Vierblatt ist nur Thery bestimmten wissenschaftlichen Kreisen bekannt. Im Amtsbüro für öffentliche Angelegenheiten kann man seine Lebensgeschichte finden. Er ist dort als Thery alias Saimont eingetragen, und wenn Sie die erforderliche Erlaubnis erhalten haben und neugierig sind, können Sie dort seine Fotografie sehen, aufgenommen in achtzehn verschiedenen Stellungen – die Hände über der breiten Brust verschränkt, En-face-Aufnahme; mit Bart, Profil; mit – doch wozu alle aufzählen?

Es existieren auch Fotografien seiner Ohren – und zwar sind das sehr häßliche, fledermausähnliche Ohren – und eine lange, genau geschriebene Geschichte seines Lebens.

Signor Paolo Mantegazza, Direktor des Nationalmuseums für Anthropologie in Florenz, ließ Thery die Ehre zuteil werden, ihn in seinem bewunderungswürdigen Werk zu erwähnen – man lese das Kapitel über »Intellektuelle Deutung des Gesichtes« –, und darum sage ich, daß Thery bei allen Kennern der Kriminologie und Physiognomik keiner Einführung bedarf.

Er saß sichtlich verlegen an einem kleinen Tisch, dieser Mann, rieb seine fetten Wangen, strich seine struppigen Augenbrauen glatt, fingerte an der weißen Narbe seines unrasierten Kinnes herum, kurz, er tat alle die Dinge, die Leute der unteren Klassen zu tun pflegen, wenn sie sich plötzlich mit Leuten aus besseren Ständen auf gleichen Fuß gestellt sehen. Denn obgleich Gonsalez, mit seinen hellblauen Augen und ruhelosen Händen, und Poiccart, behäbig, mürrisch und argwöhnisch, und George Manfred, mit seinem graumelierten Bart und dem Monokel, in der eigentlichen Verbrecherwelt weniger berühmt waren, so war doch jeder von ihnen ein großer Mann.

Manfred legte den »Heraldo di Madrid« nieder, nahm das Monokel aus dem Auge, wischte es mit seinem makellos weißen Taschentuch ab und lächelte still vor sich hin.

»Diese Russen sind komisch«, sagte er erklärend.

Poiccart zog die Stirn in Falten und griff nach der Zeitung. »Wer ist es – diesmal?«

»Ein Gouverneur der südlichen Provinzen.«

»Tot?«

Manfreds Schnurrbart kräuselte sich unter dem Ausdruck der Verachtung und des Hohnes, der um seine Lippen spielte.

»Bah! Wer hat schon je einen Menschen mit einer Bombe getötet? Ja, ja, ich weiß, es ist schon vorgekommen – aber es ist so plump, so primitiv, ganz so, als unterminiere man eine Stadtmauer, damit sie einstürzt und – unter anderem – auch die Feinde erschlagen soll.«

Poiccart las die Nachricht bedächtig und langsam, wie das eben seine Art war.

»Der Fürst ist schwer verletzt worden, und der vermeintliche Mörder hat einen Arm verloren«, las er und preßte mißbilligend die Lippen zusammen. Gonsalez öffnete und schloß fortwährend nervös seine Hände.

»Unser Freund hier« – Manfred deutete mit dem Kopf nach Gonsalez hin und lachte –, »unser Freund hat ein böses Gewissen und ...«

»Nur ein einziges Mal«, unterbrach ihn Leon schnell, »und das ist gegen meinen Willen geschehen. Du erinnerst dich, Manfred, und du, Poiccart« – er wendete sich nicht an Thery –, »ich habe abgeraten. Ihr erinnert euch doch?« Er schien ängstlich darauf bedacht, sich gegen eine nicht ausgesprochene Beschuldigung zu rechtfertigen. »Es war eine erbärmliche kleine Sache, und ich war in Madrid«, fuhr er atemlos fort. »Da kamen sie zu mir, irgendwelche Leute aus einer Fabrik in Barcelona. Sie erzählten mir, was sie tun wollten, und ich war vor Schreck wie gelähmt, als ich merkte, wie wenig sie von den primitivsten Gesetzen der Chemie wußten. Ich schrieb die Bestandteile auf und das Verhältnis, wie sie gemischt werden sollten, und bat die Leute, ja, ich flehte sie beinahe kniefällig an, irgendeine andere Methode anzuwenden. ›Meine lieben Kinder‹, sagte ich, ›ihr spielt mit etwas, das nicht einmal Chemiker zu handhaben wagen. Wenn der Fabrikbesitzer ein schlechter Mensch ist, dann sollt ihr ihn natürlich auf jeden Fall umbringen. Erschießt ihn oder lauert ihm nach dem Abendessen auf, wenn er vollgegessen und stumpf ist. Reicht ihm dann mit der rechten Hand irgendein Bittgesuch hin und – mit der linken Hand – so!‹« Leon schlug mit der geballten Faust auf einen imaginären Volksbedrücker los. »Aber sie wollten auf nichts hören, was ich ihnen auch sagte.«

Manfred rührte die cremeartige Flüssigkeit um, die in einem Glas vor ihm stand, und nickte mit dem Kopf, während er belustigt mit seinen grauen Augen blinzelte.

»Ich erinnere mich – verschiedene Leute starben, und der Hauptzeuge bei der Verhandlung vor den Sachverständigen für Explosivstoffe war der Mann, für den die Bombe bestimmt war.«

Thery räusperte sich, als wolle er etwas sagen, und die übrigen drei sahen ihn neugierig an. In Therys Tonfall lag etwas wie verhaltene Erbitterung.

»Ich will gewiß nicht vorgeben, ein großer Mann zu sein, wie Sie, Señores. Meistens verstehe ich gar nicht, wovon Sie reden – Sie reden von Regierungen und Königen und Verfassungen und Rechtsfällen. Wenn mir einer etwas antut, schlag' ich ihm den Schädel ein« – er hielt zögernd inne –, »ich weiß nicht, wie ich mich ausdrücken soll ... aber ich meine ... Nun, Sie töten Menschen, ohne sie zu hassen, Menschen, die Ihnen nichts getan haben. Das ist nicht meine Art ...« Er zögerte wieder, versuchte sich zu sammeln, starrte auf die Straße, schüttelte den Kopf und versank wieder in sein vorheriges Schweigen.

Die anderen sahen ihn an, dann sahen sie einander an, und dann lächelten sie. Manfred zog eine bauchige Tabatiere aus der Tasche, nahm daraus eine schlecht gerollte Zigarette, drehte sie geschickt zwischen den Fingern und strich ein Regiezündhölzchen an seiner Schuhsohle an.

»Ihre Art, mein lieber Thery« – er paffte –, »ist eine törichte Art. Sie töten um des Gewinnes willen; wir töten um der Gerechtigkeit willen, was uns aus dem Haufen der berufsmäßigen Mörder emporhebt. Wenn wir sehen, daß ein ungerechter Mensch seine Mitmenschen unterdrückt; wenn wir sehen, daß etwas Schlechtes getan wird, gegen den Willen eines gütigen Gottes« – Thery bekreuzigte sich – »und gegen den Willen der Menschen – und wenn wir wissen, daß der Übeltäter nach dem Gesetz der Menschen seiner Strafe entgehen könnte: dann strafen wir.«

»Hören Sie«, fiel der schweigsame Poiccart ein, »es war

einmal ein Mädchen, jung und schön, dort oben« – er winkte mit unfehlbarem Instinkt nach Norden – »und ein Priester – ein Priester, verstehen Sie? Die Eltern drückten ein Auge zu, weil es eben öfter vorkommt ... doch das Mädchen war von Abscheu und Scham erfüllt und wollte das zweite Mal nicht mehr hingehen; da stellte er ihr eine Falle, hielt sie in einem Haus versteckt, und als die Blüte von ihr gewichen war, warf er sie hinaus, und ich fand sie. Sie war mir gleichgültig, doch ich sagte mir: ›Hier ist ein Unrecht geschehen, das das Gesetz nicht entsprechend vergelten kann.‹ So suchte ich also eines Abends, den Hut tief ins Gesicht gedrückt, den Priester auf und bat ihn, mit mir zu einem Sterbenden zu kommen. Anfangs wollte er nicht, doch ich sagte ihm, daß jener ein reicher Mann sei und eine einflußreiche Persönlichkeit. Da bestieg er das Pferd, das ich mitgebracht hatte, und wir ritten zusammen auf ein kleines Häuschen zu, auf einer Anhöhe im Wald ... Ich sperrte die Tür zu, da fuhr er herum – so! In die Falle gegangen, und er wußte es. ›Was wollen Sie tun?‹ fragte er und schnappte nach Luft. ›Ich werde Sie töten, Señor‹, sagte ich, und er glaubte mir. Dann erzählte ich ihm die Geschichte von dem Mädchen ... Er schrie auf, als ich auf ihn zuschritt, aber er hätte ebensogut seinen Atem sparen können. ›Lassen Sie mich, bevor ich sterbe, einen Priester sehen‹, bat er. Da reichte ich ihm – einen Spiegel hin.«

Poiccart hielt inne, um seinen Kaffee zu schlürfen.

»Am nächsten Tag fand man ihn ohne ein Zeichen der Todesursache auf der Straße«, sagte er schlicht.

»Wieso?« Thery beugte sich neugierig vor, doch Poiccart lächelte nur höhnisch und gab keine Antwort. Thery runzelte die Stirn und blickte argwöhnisch von einem zum anderen.

»Wenn Sie so gut töten können, wie Sie da sagen, wozu haben Sie mich dann kommen lassen? Ich lebte glücklich und zufrieden in Jerez und arbeitete dort in einer Weinfabrik ... Dort wohnt auch ein Mädchen – sie heißt Juana Samarez.« Er wischte sich die Stirn ab und blickte wieder schnell von einem zum andern. »Als ich Ihre Botschaft erhielt, wollte ich ihr nicht Folge leisten. Wer Sie auch immer sein mögen – verstehen Sie doch, ich lebe zufrieden und glücklich ... und da ist dieses Mädchen – und das alte Leben, das hab' ich vergessen ...«

Manfred unterbrach diesen Schwall unzusammenhängender Proteste.

»Hören Sie zu«, sagte er gebieterisch, »es ist nicht an Ihnen, nach dem Wozu und Warum zu fragen; wir wissen, wer Sie sind und was Sie sind; wir wissen sogar mehr von Ihnen als die Polizei, denn wir können Sie an den Galgen bringen.«

Poiccart nickte zustimmend mit dem Kopf, und Gonsalez schaute Thery neugierig an, wie ein Erforscher der menschlichen Natur, der er auch war.

»Wir brauchen einen vierten«, fuhr Manfred fort, »um eines unserer Vorhaben auszuführen. Wir hätten lieber jemanden gefunden, der nur von dem einen Wunsch beseelt ist, die Gerechtigkeit siegen zu sehen. Da uns dies nicht gelungen ist, müssen wir einen Verbrecher nehmen, einen Mörder, wie Sie es sind.«

Thery öffnete den Mund, als wolle er sprechen, und schloß ihn dann wieder.

»Einen, den wir mit einem Wort in den Tod schicken können, wenn er uns verrät. Sie sind der richtige Mann. Sie werden das nicht riskieren. Wir werden Sie reichlich belohnen. Möglicherweise müssen Sie nicht einmal töten. Hören Sie«, fuhr Manfred fort, als er sah, daß Thery wieder den Mund zum Sprechen öffnete. »Kennen Sie England? Ich sehe, nein. Sie kennen Gibraltar? Nun, das sind dieselben Leute. Es ist ein Land dort oben« – wieder deutete Manfred mit einer eindrucksvollen Bewegung seiner Hand nordwärts –, »ein seltsames, trübseliges Land, mit seltsamen, trübseligen Menschen. Es gibt dort einen Mann, der Mitglied der Regierung ist, und dann gibt es dort Leute, von denen diese Regierung nie gehört hat. Sie werden sich des Namens eines dieser Leute erinnern: Garcia, Manuel Garcia, der Führer der Carlisten-Bewegung. Er lebt in England, es ist das einzige Land, wo er sicher ist. Von England aus leitete er die große Bewegung. Sie wissen, wovon ich spreche?«

Thery nickte.

»Es gab in diesem Jahr, ebenso wie im vergangenen Jahr, eine Hungersnot. Die Leute starben vor den Kirchentoren, fielen vor Hunger auf den Straßen zusammen. Man hat zugesehen, wie eine korrupte Regierung der anderen folgte; man hat zugesehen, wie Millionen aus dem Vermögen der Allgemeinheit in die Taschen der Politiker flossen. Dieses Jahr wird etwas geschehen: Das alte Regime muß verschwinden. Die Regierung weiß das; sie weiß, wo die Gefahr liegt; sie weiß, daß es keine andere Rettung für sie gibt, als daß ihnen Garcia ausgeliefert wird, bevor die Organisation der Revolte vollendet ist. Doch Garcia ist für den Augenblick sicher und wäre für alle Zeiten sicher, wenn es nicht ein gewisses Mitglied der englischen Regierung gäbe, das daran ist, einen Gesetzentwurf einzureichen und ihn für rechtsgültig erklären zu lassen. Geht dieses Gesetz durch, so ist Garcia so gut wie tot. Sie müssen uns helfen zu verhindern, daß dies jemals geschieht: darum haben wir Sie kommen lassen.«

Thery sah verwirrt aus. »Aber wie?« stammelte er.

Manfred zog ein Papier aus der Tasche und reichte es Thery hin. »Dies ist«, sagte er bedächtig, »eine genaue Abschrift einer polizeilichen Beschreibung von Ihnen, glaube ich.« Thery nickte. Manfred beugte sich vor und deutete auf ein Wort, das etwa in der Mitte des Blattes stand: »Ist das

Ihr Beruf?« fragte er. Thery sah nun gänzlich aus der Fassung gebracht drein.

»Ja«, erwiderte er.

»Verstehen Sie wirklich etwas von Ihrem Fach?« fragte Manfred sehr ernsthaft; und die beiden anderen beugten sich vor, um die Antwort zu hören.

»Ich weiß alles«, sagte Thery langsam, »was man nur wissen kann; wäre es nicht eines – Mißgriffes wegen gewesen, so hätte ich sehr viel Geld verdienen können.«

Manfred stieß einen Seufzer der Erleichterung aus und nickte seinen beiden Gefährten zu.

Am vierzehnten Tag des August 19 . . erschien in einem der gemäßigtsten Blätter Londons am Ende einer ganz unwichtigen Seite eine Verlautbarung, die besagte, daß der Außenminister durch eine Unmenge von Drohbriefen sehr belästigt werde und bereit sei, eine Belohnung von fünfzig Pfund für jede Information zu bezahlen, die zur Verhaftung oder Überführung der schuldigen Person oder Personen führen könnte, usw. Die wenigen Leute, die Londons gemäßigtste Zeitung lasen, dachten in ihrer schwerfälligsten Art, daß es gewiß eine auffallende Sache sei, daß ein Staatsminister überhaupt durch etwas belästigt werde, noch auffallender, daß er dies öffentlich kundgab, und am allerauffallendsten, daß er auch nur einen Augenblick lang glauben mochte, das Versprechen einer Belohnung könnte diese Belästigung aus der Welt schaffen.

Redakteure der weniger gemäßigten, doch weiter verbreiteten Zeitungen überflogen gelangweilt die eintönigen Spalten der »Frau Mäßigkeit« und lasen die Verlautbarung mit neu erwachtem Interesse.

»Hallo! Was ist das?« rief Smiles vom »Kometen«. Schnitt mit einer Riesenschere die Verlautbarung heraus, klebte sie auf ein Blatt Manuskriptpapier und setzte die Überschrift darüber: »Wer ist der Mann, der Sir Philip Briefe schreibt?«

Einige Minuten später – der »Komet« war das Blatt der Opposition – setzte er noch eine Einleitung davor, in der er scherzhaft andeutete, daß die Briefe von einer klugen Wählerschaft stammten, die der unentschlossenen Haltung der Regierung müde geworden war.

Der Redakteur der »Abendpost« – ein weißhaariger Herr mit bedächtigen Bewegungen – las die Verlautbarung zweimal, schnitt sie sorgfältig aus, las sie nochmals, und nachdem er sie unter einen Briefbeschwerer gelegt hatte, vergaß er sie bald gänzlich. Der Redakteur des »Megaphone«, eines wirklich sehr fortschrittlichen Blattes, schnitt die Verlautbarung während des Lesens aus, läutete, rief einen Reporter, alles in einem Atemzug sozusagen, und erteilte ihm kurz und bündig einige Informationen.

»Gehen Sie nach Portland Place hinunter, versuchen Sie mit Sir Philip Ramon zu sprechen, suchen Sie die Geschichte dieser Verlautbarung zu erfahren – warum man ihm droht, womit man ihm droht; trachten Sie eine Kopie eines solchen Drohbriefes zu bekommen. Wenn Sie Sir Philip nicht sprechen können, schauen Sie, daß Sie seinen Sekretär erwischen.«

Und der folgsame Reporter machte sich auf den Weg. Er kehrte nach einer Stunde in jenem Zustand mysteriöser Aufregung zurück, die Reportern eigen ist, wenn sie einen »Schlager« gefunden haben. Der Redakteur berichtete hierüber pflichtschuldigst dem Chefredakteur, und dieser große Mann sagte: »Das ist sehr gut, das ist wirklich sehr gut« – was das höchste Lob war.

Was an der Geschichte des Reporters »wirklich sehr gut« gewesen ist, mag aus der eine halbe Spalte füllenden Ankündigung entnommen werden, die am nächsten Tag im »Megaphone« erschien:

MINISTER IN GEFAHR
DROHUNG DEN AUSSENMINISTER
ZU ERMORDEN.
»DIE VIER GERECHTEN«.
VERSCHWÖRUNG GEGEN DIE EINBRINGUNG
DES GESETZES
ÜBER DIE FREMDENAUSLIEFERUNG.
SENSATIONELLE ENTHÜLLUNGEN.

Nicht geringes Aufsehen erregte gestern die Veröffentlichung einer Verlautbarung in der »National-Zeitung«. Sie lautete:

Der Außenminister, Sir Philip Ramon, hat währe[nd] der vergangenen Wochen zahlreiche Drohbriefe erhalt[en], die anscheinend alle derselben Quelle entstammen und von ein und derselben Person geschrieben sind. Diese Briefe sind solcherart, daß der Außenminister sich veranlaßt sieht, sie nicht einfach zu ignorieren, sondern eine Belohnung von fünfzig Pfund für Informationen aussetzt, die zur Verhaftung oder Überführung des Verfassers dieser anonymen Briefe führen können.

Diese Ankündigung war so ungewöhnlich, insbesondere in Anbetracht der Tatsache, daß beinahe täglich im Briefkasten jedes Staatsmannes und Diplomaten Drohbriefe und anonyme Briefe gefunden werden, daß der »Daily Megaphone« sofort Erkundigungen anstellte.

Ein Vertreter unserer Zeitung erschien bei Sir Philip Ramon, der ihn in liebenswürdiger Weise empfing. »Es ist gewiß ein ganz ungewöhnlicher Schritt«, sagte der Außenminister in Beantwortung der Frage unseres Vertreters, »doch habe ich im vollen Einverständnis mit meinen Kabinettskollegen gehandelt. Wir haben Gründe, anzunehmen, daß wirklich etwas hinter diesen Drohungen steckt, und ich kann Ihnen auch mitteilen, daß die Sache seit einigen Wochen bereits in den Händen der Polizei ist. Hier ist einer der Briefe«, wobei Sir Philip ein Briefblatt aus seinem Portefeuille nahm und so freundlich war, unserem Vertreter zu gestatten, davon eine Abschrift zu machen.

Der Brief war undatiert, und bis auf die Tatsache, daß die Handschrift jene auffallenden, weiblichen Züge zeigte, die für die lateinische Rasse so charakteristisch sind, war er in tadellosem Englisch geschrieben. Er lautete:

Euer Hochwohlgeboren!
Der Gesetzentwurf, den Sie einzubringen beabsichtigen, ist eine ungerechte Forderung. Er zielt darauf hin, einer

korrupten und rachsüchtigen Regierung Leute auszuliefern, die jetzt in England eine Zufluchtsstätte vor den Verfolgungen von Tyrannen und Despoten gefunden haben. Wir wissen, daß in England die Meinungen über die Berechtigung dieses Gesetzes geteilt sind und daß es von Ihrer Macht, und nur von Ihrer Macht, abhängt, das Gesetz für die Auslieferung politisch verdächtiger Ausländer in Kraft treten zu lassen. Wir bedauern daher, Sie darauf hinweisen zu müssen, daß, wenn die Regierung den Gesetzentwurf nicht zurückzieht, wir gezwungen sein werden, Sie ohne Bedenken zu beseitigen; und nicht nur Sie allein, sondern auch jeden anderen, der es unternehmen sollte, diese ungerechte Maßnahme zu einem rechtsgültigen Gesetz erheben zu lassen.

Die Vier Gerechten

»Der Gesetzentwurf, auf den sich die Sache bezieht«, fügte Sir Philip noch hinzu, »betrifft natürlich die Auslieferung der Ausländer – politisch Verdächtiger –, der schon, hätten es nicht die Praktiken der Opposition verhindert, während der vergangenen Sitzungsperiode in Ruhe durchgegangen wäre.«

Sir Philip erklärte dann noch, daß der Gesetzentwurf durch die Unsicherheit der spanischen Erfolge ins Leben gerufen worden sei.

»Es ist unbedingt notwendig, daß weder England noch irgendein anderes Land Propagandisten eine Zuflucht bietet, die ganz Europa in Flammen setzen könnten. In Übereinstimmung mit der Erkenntnis dieser Maßnahme wurden in allen anderen Ländern Europas ähnliche Gesetze oder Proklamationen verlautbart. Sie sind tatsächlich alle vorbereitet, und man ist nach langen Beratungen übereingekommen, daß alle gleichzeitig für rechtsgültig erklärt werden sollen.«

»Warum legen Sie diesen Briefen solche Bedeutung bei?« fragte der Vertreter des »Daily Megaphone«.

»Weil uns sowohl von unserer eigenen Polizeibehörde wie auch von denen des Kontinents versichert wurde, daß die Urheber Leute sind, die die Sache vollkommen ernst nehmen. ›Die Vier Gerechten‹, wie sie sich unterzeichnet haben, sind in beinahe jedem Land unter der Sonne bekannt. Wie sie wirklich heißen, möchten wir alle gern wissen. Sie sind, ob mit Recht oder Unrecht, der Ansicht, daß die Gerechtigkeit, wie sie hier auf Erden gepflogen wird, unangemessen gehandhabt werde, und sie haben sich für berufen erklärt, dem Gesetz nachzuhelfen. Sie waren es, die den General Trelovitch ermordet haben, den Führer der serbischen Königsmörder; sie haben den französischen Armeelieferanten Conrad auf der Place de la Concorde erhängt – in Rufweite von hundert Polizisten. Sie haben Hermann le Blois, den Dichter und Philosophen, erschossen, weil er die Jugend mit seinen Lehren korrumpiert hätte.«

Dann überreichte der Außenminister unserem Vertreter eine Liste sämtlicher Verbrechen, die dieses seltsame Vierblatt begangen hat.

Unsere Leser werden sich der Umstände jeder einzelnen dieser Mordaffären entsinnen, und man darf dabei nicht vergessen, daß bis auf den heutigen Tag – so streng haben die Polizeibehörden der verschiedenen Nationen das Geheimnis der Vier Gerechten bewahrt – nicht eines der Verbrechen mit dem anderen in Zusammenhang gebracht worden ist. Dem Publikum sind bis auf den heutigen Tag noch nicht alle näheren Umstände bekannt, denn hätte man sie veröffentlicht, so hätten sie sicherlich schon zur Aufdeckung der Existenz dieser Bande geführt.

Der »Daily Megaphone« ist in der Lage, eine vollständige Liste von sechzehn Morden zu veröffentlichen, die diese vier Männer verübt haben.

»Vor zwei Jahren«, fuhr der Minister fort, »nach der Erschießung von le Blois, wurde einer der Vier durch irgendeine Lücke in ihrem sonst beinahe fehlerlosen Zusammenarbeiten von einem Detektiv erkannt, und zwar hatte dieser den Mann das Haus le Blois' auf der Avenue Kleber verlassen sehen. Man beobachtete ihn heimlich drei Tage lang, in der Hoffnung, dadurch die Vier zusammen fangen zu können. Schließlich bemerkte er, daß er verfolgt wurde, und versuchte zu entkommen. Man trieb ihn endlich in einem Kaffeehaus in Bordeaux, wohin man ihm aus Paris gefolgt war, in die Enge, doch bevor er getötet wurde, erschoß er einen Sergent de ville und zwei andere Polizisten. Er wurde fotografiert und sein Bild über ganz Europa verbreitet; doch es ist bis auf den heutigen Tag ein Geheimnis geblieben, wer er war oder was er war oder auch nur, welcher Nationalität er angehört hat.«

»Aber die Vier leben doch noch?«

Sir Philip zuckte die Achseln. »Sie haben entweder ein neues Mitglied angeworben, oder sie arbeiten bloß zu dritt.«

Zum Schluß sagte der Außenminister noch:

»Ich habe die Sache durch die Presse bekanntgemacht, damit man allgemein die Gefahr erkennt, die nicht nur notwendigerweise mich allein, sondern auch jeden anderen Mann der Öffentlichkeit bedroht, der den Wünschen dieser verborgenen Macht entgegenarbeitet. Der zweite Grund, der mich dazu bewog, ist, das Publikum von dieser Gefahr in Kenntnis zu setzen, damit es der Polizei in der Ausübung ihres Amtes beisteht und damit weitere ungesetzliche Handlungen leichter verhindert werden können.«

Nähere Erkundigungen, die hierauf von uns in Scotland Yard eingeholt worden sind, brachten keine neuen Informationen in der Angelegenheit, bis auf die Nachricht, daß das Polizeidepartement zur Aufklärung von Verbrechen mit den Polizeibehörden des Kontinents zusammenarbeitet.

Im nachstehenden folgt eine vollzählige Liste der Morde, die von den Vier Gerechten begangen worden sind, zusammen mit allen Einzelheiten, die die Polizei bezüglich der Ursachen dieser Verbrechen feststellen konnte. Wir haben es dem Herrn Außenminister zu verdanken, daß uns die Erlaubnis zu dieser Veröffentlichung erteilt worden ist.

London, 7. Oktober 1899. Thomas Cutler, Schneidermeister, wurde unter verdachterregenden Umständen tot aufgefunden. Die Totenschau-Kommission erteilte ein Gutachten auf »Anklage wegen vorsätzlichen Mordes gegen einen oder mehrere unbekannte Täter«.

Die Ursache des Mordes wurde von der Polizei folgendermaßen begründet: Cutler, ein vermögender Mann, dessen eigentlicher Name Bentvitch war, ist als Leuteschinder schlimmster Sorte bekannt gewesen. Dreimal wegen Vergehens gegen das Arbeiterschutzgesetz bestraft. Die Polizei ist der Ansicht, daß noch eine andere Ursache privateren Charakters vorliege, wahrscheinlich im Zusammenhang mit Cutlers Behandlung weiblicher Angestellter.

Lüttich, 28. Februar 1900. Jacques Ellermann, Präfekt. Wurde auf dem Heimweg von der Oper erschossen. Ellermann war als liederlicher Mensch bekannt, und bei Untersuchung seiner Angelegenheiten nach seinem Tode stellte sich heraus, daß er beinahe eine Viertelmillion Franken öffentlicher Staatsgelder unterschlagen hatte.

Sattle, Kentucky, Oktober 1900. Friedensrichter Anderson. Führer eines berüchtigten Geheimbundes. Wurde in seinem Zimmer tot aufgefunden – erwürgt. Anderson war dreimal wegen Mordes angeklagt und wurde dreimal mit dem Urteil »Nicht schuldig« freigesprochen. Man wird sich erinnern, daß er bei der letzten Gelegenheit, als er des Meuchelmordes an dem Herausgeber des »Sattle Star« beschuldigt worden war, mit der versammelten Jury Händedrücke wechselte und ihr gratulierte.

New York, 30. Oktober 1900. Patrick Welch, ein gemeiner Dieb an öffentlichen Geldern. Eine Zeitlang Schatzmeister der Stadt; führender Geist in dem berüchtigten Straßenpflasterungs-Syndikat; von dem »New York Journal« bloßgestellt. Man fand Welch in einem kleinen Wäldchen auf Long Island erhängt auf. Es war damals angenommen worden, daß er Selbstmord begangen habe.

Paris, 4. März 1901. Madame Despard erstickt. Auch dieser Fall war als Selbstmord angesehen worden, bis gewisse Informationen in die Hände der Polizei gelangten. Von Madame Despard kann nichts Gutes berichtet werden. Sie war eine berüchtigte Mädchenhändlerin.

Paris, 4. März 1902 (genau ein Jahr später). Monsieur Gabriel Lanfin, Verkehrsminister. Wurde erschossen in seinem Wagen im Bois de Boulogne aufgefunden. Sein Kutscher wurde verhaftet, aber schließlich wieder freigesprochen. Der Mann hatte geschworen, daß er keinen Schuß gehört habe, auch keinen Schrei von seinem Herrn. Es hatte zur Zeit der Tat geregnet, und nur wenige Fußgänger befanden sich im Bois.

Hierauf folgten zehn andere Fälle, alle ähnlicher Art wie die oben angeführten, einschließlich der Fälle von Trevolitch und le Blois. Es war eine aufsehenerregende Geschichte.

Der Chefredakteur saß in seinem Büro und las sie nochmals durch, dann sagte er: »Sehr gut, wirklich wahr.«

Der Reporter, dessen Name Smith war, las sie, und ein angenehm wohliges Gefühl durchströmte ihn angesichts der Folgen seines Werkes.

Der Außenminister las sie des Morgens im Bett, während er seinen Tee schlürfte, und überlegte stirnrunzelnd, ob er wirklich so viel gesagt habe.

Der französische Polizeichef las sie – übersetzt und gedrahtet – im »Le Temps« und verfluchte wütend den geschwätzigen Engländer, der seine Pläne durchkreuzt hatte.

Im Café de la Paix auf dem Sonnenplatz in Madrid las Manfred, zynisch lächelnd und spöttisch, drei anderen Männern Teile dieser Geschichte vor; zwei von ihnen hörten heiter und belustigt zu, der dritte aber mit hängenden Wangen, aschfahlem Gesicht und Todesangst in den Augen.

2

Irgend jemand – war es Herr Gladstone? – hat festgestellt, daß nichts so gefährlich, so wild, so erschreckend sei wie ein verrückt gewordenes Schaf. Ebenso ist, erfahrungsgemäß, niemand so indiskret, so geschwätzig, so erstaunlich ungeschickt wie ein Diplomat, der aus irgendeinem Grund aus dem Geleise geworfen worden ist.

Es kann vorkommen, daß der Mann, der gewohnt war, im Parlament seine Zunge im Zaum zu halten, der es verstand, geschickt allen Fallen auszuweichen, die ihm schlau von befreundeten Mächten gestellt wurden – es kann vorkommen, daß er die Gewohnheit und Geschicklichkeit vieler Jahre vergißt und daß er sich wie jeder gewöhnliche Sterbliche benimmt. Warum dies so ist, konnte noch von niemandem erforscht werden, obwohl die Psychologen, die normalerweise die geistigen Vorgänge ihrer Mitmenschen erklären können, sicherlich sehr zutreffende und überzeugende

Gründe für diese Handlungen des verlorenen Gleichgewichts anführen werden – und vielleicht auch für die Handlungsweise von Sir Philip.

Sir Philip Ramon war ein Mann von sehr eigentümlichem Charakter. Ich zweifle daran, daß irgend etwas auf der weiten Welt ihn von einem Vorhaben hätte abbringen können, zu dem er sich einmal entschlossen hatte. Er war ein Mann von großer Energie, mit eckigen Gesichtszügen und einem breiten Mund, mit jenem eigenartigen Blau in den Augen, das man bei besonders herzlosen Verbrechern und besonders berühmten Generälen zu finden gewohnt ist. Und doch fürchtete Sir Philip Ramon – mehr, als irgend jemand sich vorstellen konnte – die Folgen der Aufgabe, die er sich gesetzt hatte.

Es gibt Tausende von Menschen, die physisch Helden und moralisch Feiglinge sind; Menschen, die über den Tod lachen würden und in ständiger Angst vor persönlichen Verlegenheiten sind. Gerichtsbeamte hören täglich die Geschichte des Lebens solcher Leute und die Geschichte ihres Todes.

Der Außenminister war das Gegenteil dieser Spezies. Gut animalisch veranlagte Menschen hätten ihn, ohne zu zögern, einen Feigling genannt, denn er fürchtete Schmerzen, und er fürchtete den Tod.

»Wenn diese Sache Sie gar so ängstigt«, sagte der Premierminister freundlich – das war im Ministerrat zwei Tage nach Veröffentlichung des Berichtes im »Megaphone« –, »warum lassen Sie den Gesetzentwurf nicht fallen? Schließlich gibt es Dinge von größerer Wichtigkeit, die die Zeit des Hauses in Anspruch nehmen, und wir gehen dem Ende der Sitzungsperiode entgegen.«

Ein Beifallsgemurmel ging um den Tisch herum.

»Wir haben ausreichende Entschuldigungen, die Angelegenheit zurückzustellen. Es gibt ein schreckliches Gemetzel von Unschuldigen – Braithwaites Arbeitslosengesetz muß fort; und was das Land dazu sagen wird, weiß nur der Himmel.«

»Nein, nein!« Der Außenminister schlug mit der Faust auf den Tisch. »Es muß durchgehen; dazu bin ich fest entschlossen. Wir brechen sonst den Cortes die Treue, wir brechen Frankreich die Treue, wir brechen jedem Land der Vereinigten Staaten die Treue. Ich habe die Durchführung dieser Maßnahme versprochen, und wir müssen die Sache zu Ende führen, und wenn es tausend ›Gerechte‹ gibt und tausend Drohungen!« Der Premierminister zuckte die Achseln.

»Verzeihen Sie mir, daß ich es sage, Ramon«, bemerkte Bolton, der Justizminister, »aber ich habe die Empfindung, daß es ein wenig indiskret von Ihnen war, alle diese Einzelheiten der Presse bekanntzugeben, so wie Sie es getan haben. Ja, ich weiß, wir waren übereingekommen, daß Sie freie Hand haben sollten, diese Sache nach Ihrem eigenen Gutdünken durchzuführen; aber irgendwie glaube ich, daß Sie nicht ganz so – wie soll ich es nennen? –, nicht ganz so aufrichtig hätten sein sollen.«

»Meine Diskretion in dieser Angelegenheit, Sir George, ist kein Gegenstand, den ich hier zu besprechen wünsche«, erwiderte Ramon steif.

Später, als Bolton mit dem jugendlich aussehenden Schatzkanzler den Hof des Gebäudes durchschritt, bemerkte er, von der Zurechtweisung verletzt, à propos de rien: »Dummer, alter Esel.« Und der jugendliche Hüter von Britanniens Finanzen lächelte.

»Um die Wahrheit zu sagen«, bemerkte er, »Ramon hat einfach schreckliche Angst. Die Geschichte von den Vier Gerechten geht in allen Klubs um, und ein Mann, dem ich heute im Carlton begegnet bin, hat mich davon überzeugt, daß wirklich etwas zu befürchten ist. Er meint es ganz im Ernst – er kommt eben erst aus Südamerika zurück und hat einiges davon gesehen, wie diese Leute arbeiten.«

»Was denn?«

»Ein Präsident oder so etwas ähnliches von einer dieser kleinen Republiken ... Ungefähr vor acht Monaten – Sie finden es in der Liste – haben sie ihn aufgehängt ... Eine merkwürdige Geschichte. Sie holten ihn mitten in der Nacht aus dem Bett, haben ihn geknebelt, ihm die Augen verbunden, ihn zum Galgen geführt, haben ihn gehenkt – und sind entwischt!«

Herr Bolton erkannte die Schwierigkeiten eines solchen Vorgehens und war eben daran, nach weiteren Einzelheiten zu fragen, als ein Sekretär den Schatzkanzler beim Ärmel erwischte und ihn fortführte. »Zu dumm«, brummte Herr Bolton ärgerlich.

Als der Außenminister in seinem Wagen durch die Menge fuhr, die zu beiden Seiten vor dem Eingang des Hauses stand, wurde ihm zugejubelt. Er war keineswegs begeistert darüber, denn Popularität war nicht eben das, wonach er sich sehnte. Er wußte instinktiv, daß diese Zurufe ihre Ursache darin hatten, daß auch das Publikum die Gefahr, in der er schwebte, erkannt hatte; und dies irritierte und erschreckte ihn. Er hätte es lieber gesehen, wenn die Leute über die geheimnisvollen Vier gespottet hätten – es hätte ihn gewissermaßen beruhigt, glauben zu können, daß die Leute die Vorstellung von einer Gefahr verwarfen. Denn wenngleich es ihm auch unwichtig erschien, ob er populär oder unpopulär war, so hegte er doch einen unerschütterlichen Glauben an die primitiven Instinkte des Volkes.

Im Vorsaal des Unterhauses war er im Nu von einer Menge neugieriger Parteianhänger umgeben, die zum Teil höhnisch, zum Teil ängstlich dreinsahen, jedoch sämtlich begierig waren, die letzten Nachrichten zu hören – alle ein wenig verlegen in Gegenwart dieses Ministers mit der scharfen Zunge.

»Sagen Sie, Sir Philip«, meinte eben der dicke, taktlose

Abgeordnete von West-Brondesbury – »was soll all das Zeug mit den Drohbriefen bedeuten, von dem wir da hören? Sie werden sich doch sicherlich nicht um Dinge dieser Art kümmern – ich selbst bekomme jeden Tag mindestens zwei oder drei ähnliche Schreiben.«

Der Minister entfernte sich ungeduldig von dieser Gruppe, doch Tester, ein anderer Abgeordneter, faßte ihn am Arm.

»Hören Sie ...«, fing er an.

»Hol Sie der Teufel«, sagte der Außenminister deutlich und schritt schnell auf sein Zimmer zu.

»Verflucht gereizt ist er, das steht einwandfrei fest«, sagte der Herr Abgeordnete verzweifelt. »Tatsache, der alte Ramon hat eine heillose Angst. Schöne Idee, um einiger Drohbriefe willen so viel Aufhebens zu machen!«

Eine Gruppe von einigen Abgeordneten erörterte in höchst origineller Weise die Frage der Vier Gerechten.

»Es ist doch unsagbar lächerlich«, sagte einer in orakelhaftem Ton. »Hier sind vier Männer, ein geheimnisvolles Vierblatt, und nehmen Stellung gegen die gesamte Macht der zivilisiertesten Nationen der Welt.«

»Glauben Sie, daß Ramon den Gesetzentwurf zurückziehen wird?« fragte der ältere Abgeordnete.

»Ramon? Der nicht – er würde eher sterben.«

»Es sind doch ganz ungewöhnliche Umstände«, sagte Aldgate-East; und drei Wahlkreise, ein Londoner Vorort und eine mittelenglische Stadt, nickten: Ja, das wäre es wohl.

»In früheren Zeiten, als der alte Bascoe noch ein junger Abgeordneter war« – Aldgate-East deutete auf einen bejahrten Senator mit weißem Bart und weißem Haar, der gebückt und mühsam auf einen Sitzplatz zuschritt –, »in früheren Tagen ...«

»Ich dachte, der alte Bascoe hätte beschlossen, zu den nächsten Sitzungen nicht zu kommen?« bemerkte der unaufmerksame Zuhörer.

»In früheren Tagen«, begann der Abgeordnete von East-End, »vor den Fenian-Unruhen . . .«

». . . wenn man vom Standpunkt der Zivilisation ausgeht«, fuhr der begeisterte Scott fort, »sagte Rheinbaken vergangene Woche im Unterhaus, hat Deutschland eine Stellung erreicht, in der . . .«

»Wenn ich Ramon wäre«, nahm Aldgate-East wieder auf, »so wüßte ich genau, was ich täte. Ich würde zur Polizei gehen und sagen: ›Schauen Sie . . .‹«

Da fing eine Glocke an, wütend und ununterbrochen zu läuten, und die Abgeordneten stürzten den Korridor entlang davon.

Nachdem die neunte Klausel des Medway-Improvement-Gesetzes zur allgemeinen Befriedigung festgesetzt worden war und die Worte ». . . oder wie noch genauer bestimmt werden soll« von einer triumphierenden Majorität von vierundzwanzig Stimmen hinzugefügt worden waren, kehrten die getreuen Mitglieder des Unterhauses zu ihrer unterbrochenen Diskussion zurück.

»Was ich von einem Mitglied des Kabinetts gesagt habe und immer sagen werde, ist«, äußerte ein bedeutender Mann mit großem Nachdruck und viel Beharrlichkeit, »daß er alle Rücksichten auf seine persönlichen Gefühle fallenlassen muß, wenn er ein richtiger Staatsmann sein will.«

»Hört!« rief jemand beifällig.

»Auf seine eigenen persönlichen Gefühle«, wiederholte der Redner. »Er muß seine Pflichten dem Staat gegenüber vor alle anderen – hm – Rücksichten stellen. Sie erinnern sich doch noch, was ich unlängst zu Barington gesagt habe, als wir Kostenvoranschläge besprachen? Ich sagte: Der hochverehrte Staatsrat hat keine Rücksicht genommen, konnte keine Rücksicht nehmen auf die sehr dringenden und beinahe einstimmigen Wünsche der großen Gemeinschaft der Wähler. Die Handlungsweise eines königlichen Ministers muß vor allem durch das kluge Urteil der großen Gemeinschaft der Wähler geleitet werden, ›deren feines Empfinden‹ – nein –, ›deren höhere Instinkte‹ – nein, das war's nicht – nun, jedenfalls habe ich es sehr deutlich dargelegt, was eigentlich die Pflicht eines Ministers ist«, schloß das Orakel ein wenig unsicher.

»Nun, ich . . .«, begann Aldgate-East, eben als sich ihm ein Diener mit einem Tablett näherte, auf dem ein grünlicher Briefumschlag lag.

»Hat einer von den Herren das verloren?« fragte er, und der Abgeordnete nahm, seine Augengläser suchend, den Brief zur Hand.

»An die Mitglieder des Unterhauses«, las er, und über seinen Zwicker sah er sich im Kreise unter den Herren um, die ihn umstanden.

»Prospekt einer Gesellschaft«, sagte der dicke Abgeordnete von West-Brondesbury, der sich der Gruppe zugesellt hatte; »ich bekomme täglich Hunderte davon. Erst unlängst wieder . . .«

»Zu dünn für einen Prospekt«, sagte Aldgate-East, den Brief in der Hand wiegend.

»Dann ist's ein patentiertes Medikament«, behauptete die Leuchte von Brondesbury. »Ich bekomme täglich eins – ›Brennen Sie die Kerze nicht von zwei Enden an!‹ und lauter solcher Unsinn. Vorige Woche hat mir ein Kerl ein Ding geschickt . . .«

»Öffnen Sie den Brief«, schlug jemand vor, und der Abgeordnete tat es. Er las ein paar Zeilen, und sein Gesicht wurde rot.

»Da soll mich doch der Teufel holen«, keuchte er, und dann las er laut:

Bürger!

Die Regierung hat die Absicht, eine Maßnahme Gesetz werden zu lassen, durch die der korruptesten Regierung unserer Zeit Leute ausgeliefert werden sollen, die wirkliche Patrioten sind und deren Bestimmung es ist, die Retter ihres Landes zu werden. Wir haben den Minister, dem die Angelegenheit untersteht, davon benachrichtigt, daß wir ihn, wenn er diesen Gesetzentwurf nicht zurückzieht, töten werden.

Wir schreiten nur ungern zu diesem äußersten Mittel, da wir wissen, daß er sonst ein ehrenwerter und anständiger Herr ist, und die Bitte, die wir hiermit an die Mitglieder des Parlaments richten, ihren ganzen Einfluß geltend zu machen, damit der Gesetzentwurf zurückgezogen wird, entspricht lediglich unserem Wunsch, nicht gezwungen zu werden, unsre Drohung zu erfüllen.

Wären wir gewöhnliche Mörder oder plump arbeitende Anarchisten, so wäre es uns ein leichtes, in blinder und verbrecherischer Weise an den Mitgliedern dieser Versammlung Rache zu nehmen. Zum Beweis für den Ernst unserer Drohung bitten wir Sie, unter dem Tisch, der in der Nische dieses Zimmers steht, nachzusehen. Dort werden Sie eine Maschine finden, die mit einer genügenden Dosis Sprengstoff geladen ist, um dieses Gebäude zum größten Teil zu vernichten.

(gezeichnet:) Die Vier Gerechten

PS. Wir haben weder eine Lunte noch einen Zünder an der Maschine angebracht, so daß diese unbesorgt gehandhabt werden kann.

Im Verlaufe der Verlesung dieses Briefes wurden die Gesichter der Zuhörer zusehends bleicher.

Es lag etwas Überzeugendes in dem Ton des Schreibens, und instinktiv wendeten sich alle Blicke dem Tisch in der Wandvertiefung zu.

Ja, dort stand etwas, ein eckiges, schwarzes Ding, vor dem

die Menge der Gesetzgeber augenblicklich zurückwich. Einen Augenblick standen sie wie gebannt da – und dann folgte ein wildes Rennen zur Tür.

»War es eine Fopperei?« fragte der Premierminister ängstlich. Doch der schnell herbeigerufene Sachverständige von Scotland Yard schüttelte den Kopf.

»Es war ganz genauso, wie es im Brief beschrieben ist«, sagte er ernst, »sogar das Fehlen des Zünders entsprach den Angaben.«

»War es wirklich . . .«

»Genug, um das Parlament in die Luft zu sprengen«, lautete die Antwort.

Der Premierminister schritt mit besorgter Miene in seinem Privatzimmer auf und ab.

Einmal blieb er stehen, um verdrießlich zum Fenster hinauszusehen, durch das er auf eine menschengefüllte Terrasse blickte und auf eine Menge aufgeregter Politiker, die wild gestikulierten und anscheinend alle zu gleicher Zeit redeten.

»Sehr, sehr ernst – sehr, sehr ernst«, murmelte er. Dann laut: »Wir haben schon so viel gesagt, nun können wir ebensogut damit fortfahren. Geben Sie den Zeitungen einen vollständigen Bericht der Ereignisse dieses Nachmittags – geben Sie ihnen den Text dieses Briefes.« Er drückte auf einen Knopf, und ein Sekretär trat ein.

»Schreiben Sie dem Kommissar, daß er eine Belohnung von tausend Pfund ausschreiben soll für die Verhaftung des Mannes, der dieses Ding hier zurückgelassen hat, und für jeden Mitschuldigen vollkommenen Straferlaß und die Belohnung.«

Der Sekretär verließ das Zimmer, und der Sachverständige von Scotland Yard wartete.

»Haben Ihre Leute schon herausgefunden, wie die Maschine hereingebracht worden ist?«

»Nein, Sir. Die Polizeibeamten sind alle abgelöst und einzeln verhört worden. Sie entsinnen sich nicht, einen Fremden gesehen zu haben, der das Haus betreten oder verlassen hat.«

Der Premierminister spitzte in Gedanken versunken den Mund.

»Danke«, sagte er einfach, und der Sachverständige entfernte sich.

Auf der Terrasse tauschten Aldgate-East und der geschwätzige Abgeordnete miteinander Liebenswürdigkeiten aus.

»Ich muß ganz nahe an dem Ding gestanden sein«, sagte der letztere mit Nachdruck; »auf mein Wort, es überläuft mich eiskalt, wenn ich nur daran denke. Erinnern Sie sich an Mellin? Ich sprach noch von den Pflichten eines Ministers . . .«

»Ich fragte den Diener«, erzählte der Abgeordnete von Aldgate einer neugierigen Menge, »der den Brief brachte: ›Wo haben Sie ihn gefunden?‹ ›Auf dem Boden, Herr‹, sagte er. Ich hielt es für einen Heilmittel-Prospekt einer Firma. Ich wollte ihn gar nicht aufmachen, da sagte jemand . . .«

»Ich habe es gesagt«, rief der dicke Herr aus Brondesbury stolz. »Sie erinnern sich doch, ich habe gesagt . . .«

»Selbstverständlich, ich wußte, daß es irgend jemand war«, fuhr Aldgate-East liebenswürdig fort. »Ich öffnete den Brief und las die ersten Zeilen. ›Gott steh mir bei‹, rief ich . . .«

»Sie haben gerufen: ›Da soll mich doch der Teufel holen‹«, verbesserte ihn Brondesbury.

»Nun, ich weiß, es war irgend so etwas Ähnliches«, gab Aldgate-East zu. »Ich las – und Sie werden verstehen, ich konnte gar nicht fassen, was das eigentlich bedeuten sollte. Na . . .«

*

Die drei reservierten Plätze im Stern-Varieté in Oxford Street wurden einer nach dem anderen besetzt. Punkt halb acht Uhr kam Manfred, unauffällig gekleidet; um acht Uhr kam Poiccart, ein ziemlich eleganter Herr mittleren Alters; um halb neun Uhr kam Gonsalez, verlangte in tadellosem Englisch ein Programm und setzte sich zwischen die beiden anderen.

Während das Parkett und die Galerie sich anläßlich eines patriotischen Liedes heiser brüllten, wendete sich Manfred lächelnd an Leon und sagte:

»Ich hab' es im Abendblatt gelesen.«

Leon nickte schnell.

»Es hat beinahe Schwierigkeiten gegeben«, meinte er ruhig. »Als ich eintrat, sagte einer: ›Ich dachte, Bascoe hat beschlossen, zu den nächsten Sitzungen nicht mehr zu kommen‹, und einer von ihnen kam auf mich zu und fing zu reden an.«

3

Wollte man mehr als einen Leitartikel zitieren, der dieses Thema behandelt, so müßte man sagen: Zu behaupten, daß ganz England durch dieses ungewöhnliche Ereignis im Unterhaus in seinen Grundfesten erschüttert war, hieße nur die genauen Tatsachen feststellen.

Die ersten Mitteilungen über die Existenz der Vier Gerechten waren mit verzeihlichem Gespött aufgenommen worden, insbesondere von denjenigen Zeitungen, die mit den ersten Nachrichten zu spät kamen.

Nur der »Daily Megaphone« hatte ernstlich und wirklich erkannt, wie groß die Gefahr war, die den Minister bedrohte, der für dieses anstoßerregende Gesetz verantwortlich gemacht wurde. Nun konnten jedoch auch die spöttischsten Leute die Bedeutung einer Mitteilung nicht leugnen, die auf so geheimnisvolle Weise einen Weg zu finden verstand, und zwar mitten hinein in das Herz von Britanniens eifersüchtigst bewachtem Parlamentsgebäude. Die Geschichte von dem »Bombenanschlag« füllte die Seiten aller Zeitungen im ganzen Land, und das letzte tollkühne Wagnis der Vier Gerechten wurde lang und breit auf der ganzen Insel besprochen.

Von Tag zu Tag tauchten neue Gerüchte auf, meist unkontrollierbar, die die Männer betrafen, die an dieser neuen Sensation schuld waren; und es gab kein anderes Gesprächsthema unter den Leuten, wo immer sie einander begegneten, als jenes seltsame Vierblatt, das das Leben der Regierung in der hohlen Hand zu halten schien.

Niemals seit den Tagen der Fenian-Unruhen waren alle Leute so von panischer Angst und Befürchtungen erfüllt wie während der zwei Tage, die dem Auftauchen der »blinden Bombe«, wie eine Zeitung sie benannte, im Unterhaus folgten.

Vielleicht war es nicht ganz dieselbe Art von Befürchtungen wie damals, denn man war durch die Stellungnahme des Briefes allgemein zu der Ansicht gekommen, daß die Vier Gerechten nur einen einzigen Mann bedrohten.

Die erste Mitteilung über diese Absichten hatte das weiteste Interesse gefunden. Doch die Tatsache, daß die Warnung von einer kleinen französischen Stadt aus verkündet worden war und die Gefahr daher nur aus weiter Ferne drohte, hatte der ersten Warnung ein wenig von ihrer Wirkung geraubt. Dies war die unklare Erwägung einer geographisch ungebildeten Menge, die sich nicht darüber klar war, daß Dax von London nicht viel weiter entfernt war als Aberdeen. Doch jetzt lag der geheime Schrecken mitten in der Stadt selbst verborgen. Ja, argumentierte London mit argwöhnischen Seitenblicken: jeder Mann, mit dem wir auf der Straße zusammenstoßen, kann einer der Vier sein, und wir wissen es nicht einmal.

Fettgedruckte Ankündigungen starrten von allen leeren Mauern herab und füllten den Raum aller polizeilichen Ankündigungstafeln.

1000 Pfund Sterling Belohnung!

Am 18. August, ungefähr um 4 Uhr 30 nachmittags, wurde eine Höllenmaschine in den Rauchsaal der Abgeordneten von irgendeiner oder mehreren unbekannten Personen gebracht.

Man hat Grund anzunehmen, daß die Person oder die Personen, die mit der Aufstellung der obenerwähnten Maschine in Zusammenhang stehen, Mitglieder einer organisierten Bande von Verbrechern sind, die unter dem Namen »Die Vier Gerechten« bekannt ist und gegen die ein Haftbefehl wegen vorsätzlichen Mordes erlassen wurde in London, Paris, New York, New Orleans, Barcelona, Tomsk, Belgrad, Oslo, Kapstadt und Caracas.

Die oben angeführte Belohnung wird von der königlichen Regierung an jeden ausgezahlt, der Informationen vorlegen kann, die zur Verhaftung einzelner oder sämtlicher Personen führen, die sich »Die Vier Gerechten« nennen und mit der Bande identisch sind.

Weiterhin wird jedem Mitglied der Bande voller Erlaß der Strafe und die ausgeschriebene Belohnung zugesichert für eine derartige Information, vorausgesetzt, daß derjenige, der uns diese Information bringt, weder einen der nachstehend angeführten Morde begangen hat noch an einem derselben mitschuldig ist.

Ryday Montgomery,
königlicher Staatssekretär für innere Angelegenheiten
I. B. Calfort, Polizeikommissar

(Es folgte eine Liste der sechzehn Verbrechen, deren die vier Männer beschuldigt wurden.)

God save the King

Den ganzen Tag über sammelten sich kleine Gruppen von Menschen vor den Ankündigungstafeln und lasen die Nachricht der lockenden Belohnung. Es war ungewöhnlich viel Aufhebens, das hier gemacht wurde; völlig verschieden von allen anderen ähnlichen Maßnahmen, die den Londonern sonst bekannt waren. Auch fehlte die sonst übliche angehängte Beschreibung der gesuchten Männer; keine Abbildung, nach der sie hätten erkannt werden können, auch nicht die stereotype Phrase: »Als man ihn zuletzt sah, trug er einen dunkelblauen Anzug, Sportkappe, karierte Krawatte«, wonach der Suchende einen Anhaltspunkt hatte, nach dem er sich bei seiner Beobachtung der Vorübergehenden richten konnte.

Es war eine Suche nach vier Männern, die noch niemand mit Bewußtsein gesehen hatte, eine Jagd nach Hansdampf in allen Gassen, ein Tappen im dunkeln nach ungewissen Schatten.

Detektiv-Inspektor Falmouth, der ein sehr freimütiger Mensch war (er hatte einer fürstlichen Persönlichkeit einmal geradeheraus erklärt, daß er hinten keine Augen habe), sagte dem Unterkommissar genau, was er von der Sache hielt.

»Man kann Leute nicht fangen, wenn man nicht die leiseste Ahnung hat, wen oder was man sucht. Nach allem, was wir wissen, könnten es zum Beispiel auch ebensogut Frauen sein, es könnten sogar Neger sein oder Chinesen; sie könnten groß oder klein sein; sie könnten ... Ja, wir kennen nicht einmal ihre Nationalität! Sie haben beinahe in jedem Land auf der ganzen Welt Verbrechen begangen. Sie brauchen nicht Franzosen zu sein, weil sie in Paris einen

Mord verübt haben, oder Yankees, weil sie Patrick Welch stranguliert haben.«

»Was halten Sie von der Handschrift?« fragte der Kommissar, indem er einen Stoß Briefe, den er in der Hand hielt, schwenkte.

»Südländisch; aber das mag eine Täuschung sein. Und angenommen, es ist keine? Es besteht kein Unterschied zwischen der Handschrift eines Franzosen, Spaniers, Portugiesen, Italieners, Südamerikaners oder Kreolen – und, wie ich sagte, es mag eine Täuschung sein, und wahrscheinlich ist es eine.«

»Was haben Sie veranlaßt?« fragte der Kommissar.

»Wir haben alle verdächtigen Subjekte, die wir kennen, festgenommen. Wir haben ›Klein-Italien‹ ausgehoben, Bloomsbury gesichtet, sind ganz Soho durchgegangen und haben alle Vorstädte abgesucht. Wir haben vergangene Nacht eine Razzia in einem Haus in Nunhead gemacht – dort wohnen eine Menge Armenier, aber ...« Das Gesicht des Detektivs trug den Ausdruck tiefster Hoffnungslosigkeit.

»Eher könnten wir sie noch«, fuhr er fort, »in einem der eleganten Hotels finden – wenn sie nämlich dumm genug wären, zusammenzuhocken. Aber Sie können sich darauf verlassen, daß sie jeder für sich wohnen und einmal oder zweimal täglich an irgendeinem harmlosen Ort zusammenkommen.« Er schwieg und klopfte zerstreut auf den großen Tisch, an dem er mit seinem Vorgesetzen saß.

»Wir haben de Courville kommen lassen«, nahm er den Bericht endlich wieder auf. »Er hat sich die Soho-Gesellschaft angesehen, und was noch wichtiger ist, er hat mit den Leuten sogar gesprochen, die unter ihnen leben – und ich schwöre, es ist keiner von ihnen, oder er schwört zumindest, und ich bin bereit, ihm aufs Wort zu glauben.«

Der Kommissar schüttelte traurig den Kopf.

»In Downing Street haben sie es wirklich nicht leicht«, sagte er. »Sie wissen nicht, was im nächsten Augenblick passieren wird.«

Herr Falmouth erhob sich seufzend und fingerte nachdenklich an der Krempe seines Hutes herum.

»Schöne Zeiten vor uns – ich glaub' nicht«, bemerkte er ein wenig paradox.

»Was denkt die Bevölkerung über die Sache?« fragte der Kommissar.

»Das haben Sie ja in den Zeitungen gesehen, nicht?«

Des Kommissars Achselzucken bedeutete kein Kompliment für den britischen Journalismus.

»Die Zeitungen! Wer sollte, um Himmels willen, noch im geringsten darauf achten, was die Zeitungen sagen?« fragte er ärgerlich.

»Ich, zum Beispiel«, erwiderte der Detektiv gelassen; »die Zeitungen werden gewöhnlich vom Publikum geleitet, und ich glaube, eine Zeitung herausgeben heißt – wenn ich mich kurz und einfach fassen soll – so zu schreiben, daß das Publikum sagt: ›Das ist richtig – das hab' ich schon immer gesagt.‹«

»Aber das Publikum selbst – hatten Sie Gelegenheit, zu erfahren, was die Leute selbst über die Sache denken?«

Detektiv Falmouth nickte.

»Ich habe erst heute abend mit einem Mann im Park gesprochen, einem Handwerksmeister, dem Aussehen nach, und anscheinend intelligent. ›Was halten Sie von dieser Geschichte mit den Vier Gerechten?‹ fragte ich ihn. ›Das ist eine merkwürdige Sache‹, antwortete er, ›glauben Sie, daß irgend etwas daran ist?‹ – und das«, schloß der Kriminalbeamte ärgerlich, »ist alles, was das Publikum über die Sache denkt.«

Doch wenn man in Scotland Yard bekümmert war, so herrschte in Fleet Street das fröhliche Gezwitscher höchster

Erregung. Hier gab es wahrhaftig große Neuigkeiten! Neuigkeiten, die über ganze Spalten verkündet, die in fettgedruckten Überschriften hinausgeschmettert, die durch Plakate in die Welt geschrien wurden, die illustriert werden konnten und die durch statistische Belege leichter faßlich und einleuchtend gestaltet wurden.

»Ist es die Mafia?« fragte der »Komet« marktschreierisch und bewies, daß sie es war.

Die »Abendwelt«, deren Redaktionsgeist mit Vorliebe in den sechziger Jahren weilte, dachte an eine Vendetta und berief sich dabei auf »Die korsischen Brüder«. Der »Megaphone« hielt sich an die Geschichte der Vier Gerechten und druckte Seiten und Seiten voll Details, die sich auf deren Schandtaten bezogen. Er grub aus verstaubten Akten des Kontinents und Amerikas genaue Berichte jeder einzelnen Mordaffäre aus; er brachte die Porträts und Lebensgeschichten der Leute, die ermordet worden waren, und während er in keiner Weise die Vergehen der Vier Gerechten beschönigte, stellte er doch in sachlicher und objektiver Weise die verschiedenen Lebensgeschichten der Opfer dar und zeigte, welchem Menschentypus sie angehörten.

Man nahm mit Vorsicht die Stöße von Beiträgen an, die in der Redaktion einliefen; denn eine liberale Zeitung geht vorsichtiger vor als gemäßigtere Konkurrenzblätter. Im Zeitungsland wird eine plumpe Lüge selten aufgedeckt; doch eine interessante Übertreibung reizt einen phantasielosen Rivalen zu hysterischen Denunziationen.

Und es strömten Anekdoten über die Vier Gerechten von allen Seiten ein. Denn plötzlich hatte, wie durch einen Zauberschlag, jeder gelegentliche Mitarbeiter, jeder Schriftsteller, jede Gattung von Menschen, die nur überhaupt schrieb, jeder hatte plötzlich die Entdeckung gemacht, daß er sein ganzes Leben lang die Vier Gerechten genau gekannt habe.

»Als ich in Italien war . . .«, schrieb der Autor von »Komm

Wieder« (Hackworth Press, 6 S.; leicht beschädigt, Farringdon-Bücherschwemme, 2 d.), »hörte ich, wie ich mich jetzt entsinne, eine seltsame Geschichte über diese ›Vier Blutigen Männer‹ . . .«

Oder ein anderer Herr namens Collins: »Kein Fleckchen in ganz London ist so geeignet, den vier Schurken zum Versteck zu dienen, wie Tidal Basin. Zur Zeit Charles II. war Tidal Basin bekannt als . . .«

»Wer ist Collins?« fragte der Chefredakteur des »Megaphone« seinen überanstrengten Redakteur.

»Ein Zeilenschreiber«, erklärte der Redakteur müde, wodurch er bewies, daß auch moderner Journalismus die so schwer voneinander zu unterscheidenden Mitarbeiter nicht aus ihren hart erkämpften Bereichen vertreiben konnte. »Er macht den Gerichtssaal, Feuer, Nachforschungen und derlei. Seit kurzem betätigt er sich auch literarisch und schreibt ›Malerische Skizzen aus dem alten London‹ und ›Berühmte Grabdenkmäler von Hornsey‹ . . .«

In jeder Abteilung der Zeitungen ereignete sich dieselbe Sache. Jedes Telegramm, das ankam, jede Information, die beim Redakteur einlief, trug das Zeichen dieser Tragödie, die im Gehirn aller Leute spukte. Sogar die Polizeiberichte enthielten Anspielungen auf die Vier Gerechten; denn das war die Entschuldigung jedes Mannes, der sich am Vorabend einen Rausch angetrunken hatte, und die Rechtfertigung jedes Übeltäters.

»Der Bub ist immer ehrlich gewesen«, sagte die weinende Mutter des auf frischer Tat ertappten Laufburschen; »nur seitdem er diese entsetzlichen Geschichten von den ›Vier Fremden‹ liest, ist er so geworden.« Und der Beamte sah sich veranlaßt, das Vergehen milder zu beurteilen, als es sonst der Fall gewesen wäre.

Allem Anschein nach war Sir Philip Ramon – der Mann, der an der Weiterentwicklung dieser Sache am meisten interessiert war – derjenige, der persönlich am wenigsten daran teilnahm.

Er lehnte es ab, sich nochmals interviewen zu lassen; er weigerte sich auch, die Möglichkeiten seiner Ermordung weiter zu erörtern, sogar mit dem Premierminister, und seine Antwort auf die Anerkennungsschreiben, die ihm aus allen Teilen des Landes zuströmten, gab er in Form einer Ankündigung in der »Morgen-Post«, in der er die Schreiber bat, doch so freundlich zu sein, ihn nicht weiter mit Ansichtskarten zu verfolgen, die doch keinen anderen Platz bei ihm fänden als den Papierkorb.

Er hatte daran gedacht, die Bekanntgabe seiner Absicht hinzuzufügen, daß er den Gesetzenwurf um jeden Preis im Parlament durchbringen würde, aber er hatte sich davon schließlich durch die Angst abhalten lassen, daß dies vielleicht einer theatralischen Geste ähnlich sähe.

Falmouth gegenüber, dem natürlich die Aufgabe zufiel, den Außenminister vor Schaden zu bewahren, war Sir Philip ungewöhnlich liebenswürdig und gestattete diesem scharfsinnigen Beamten gelegentlich auch einen Einblick in die Atmosphäre des Schreckens und der Angst, in der ein derart bedrohter Mensch lebt.

»Glauben Sie, Inspektor, daß wirklich ernstliche Gefahr besteht?« fragte er nicht einmal, sondern viele, viele Male; und der Beamte, als stolzer Repräsentant einer unfehlbaren Polizeimacht, beruhigte ihn geflissentlich.

»Denn«, so argumentierte er, »was hat es für einen Sinn, einen Menschen zu erschrecken, der schon beinahe halbtot ist vor Angst? Geschieht nichts, so wird er sehen, daß ich die Wahrheit gesprochen habe, und wenn – wenn ... Nun, dann wird er keine Gelegenheit haben, mich einen Lügner zu heißen.«

Sir Philip war für den Detektiv eine unaufhörliche Quelle tiefsten Interesses; auch muß er ein- oder zweimal seine Gedanken verraten haben. Denn der Außenminister, der ein bemerkenswert scharfsinniger Mann war, sagte – als er einmal einen neugierigen Blick des Polizeibeamten auffing – gereizt: »Sie wundern sich, warum ich den Gesetzentwurf nicht zurückziehe, da ich doch die Gefahr kenne? Nun, es mag Sie überraschen zu hören, daß ich die Gefahr nicht kenne und sie mir auch nicht vorstellen kann! Ich habe in meinem ganzen Leben niemals physische Schmerzen gelitten, und abgesehen von der Tatsache, daß ich ein schwaches Herz habe, hat mir noch niemals das geringste gefehlt. Was der Tod sein mag, welche Pein oder welchen Frieden er bringen wird, kann ich mir nicht vorstellen. Ich schließe mich der Argumentation Epiktets an, daß Todesangst nur entstehen kann durch die anmaßende Annahme unserer Kenntnis des Jenseits, und daß wir keinen Grund haben, zu glauben, es sei ein üblerer Zustand als der gegenwärtige. Ich fürchte mich nicht vor dem Tod, aber ich fürchte mich, zu sterben.«

»Ganz richtig, Sir«, murmelte der teilnahmsvolle Detektiv, der nicht das mindeste begriffen hatte, denn er hatte nicht das leiseste Verständnis für so feine Unterscheidungen.

»Doch«, fuhr der Minister fort, der in seinem Arbeitszimmer am Portland Place saß, »wenn ich mir den genauen Vorgang der Auflösung auch nicht vorstellen kann, so kann ich mir doch, da ich darin Erfahrung habe, schon vorstellen, was es heißt, anderen Regierungen das Wort zu brechen; und es ist nicht meine Absicht, die Keime zu zukünftigen Verlegenheiten zu pflanzen aus Angst vor etwas, das schließlich verhältnismäßig unbedeutend sein mag.«

Und Inspektor Falmouth, der mit allen Anzeichen vollkommener Aufmerksamkeit zugehört hatte, gähnte innerlich und überlegte, wer Epiktet eigentlich sein mochte.

»Ich habe jede erdenkliche Vorsichtsmaßregel getroffen, Sir«, sagte der Detektiv nach einem auf dieses Glaubensbekenntnis folgenden Schweigen. »Ich hoffe, Sie werden nichts dagegen haben, wenn Sie in den nächsten ein oder zwei Wochen von einigen meiner Leute bewacht werden. Ich bitte Sie um die Erlaubnis, zwei oder drei Polizeibeamte hier im Haus zu lassen, solange Sie sich hier aufhalten, und natürlich werden im Außenministerium eine größere Anzahl von Polizeibeamten zu Ihrer Verfügung stehen.«

Sir Philip brachte sein Einverständnis mit diesen Maßnahmen zum Ausdruck, und später, als er und der Detektiv in einem geschlossenen Coupé ins Parlament fuhren, verstand er, warum vor dem Wagen und auf beiden Seiten desselben Motorradfahrer fuhren und warum zwei Wagen ihnen in den Hof des Gebäudes folgten.

Als die Zeit gekommen war, erhob sich Sir Philip von seinem Platz und kündete vor einem spärlich gefüllten Haus an, daß er die zweite Lesung des Gesetzentwurfes über die Auslieferung politisch verdächtiger Ausländer für den übernächsten Donnerstag anberaume, oder genauer gesagt, für heute in zehn Tagen.

An diesem Abend traf Gonsalez Manfred in den Nord-Tower-Gardens und bewunderte die märchenhafte Pracht des Kristallpalastes bei Nacht.

Eine Militärkapelle spielte die Tannhäuser-Ouvertüre, und die Herren unterhielten sich über Musik.

Dann:

»Was ist mit Thery?« fragte Manfred.

»Poiccart ist heute mit ihm; er zeigt ihm die Sehenswürdigkeiten.« Beide lachten.

»Und du?« fragte Gonsalez.

»Ich hatte einen interessanten Tag; erst vor kurzem begegnete ich jenem entzückend naiven Detektiv in Green Park, der mich fragte, was ich über die Vier Gerechten dächte!«

Gonsalez machte eine Bemerkung über die Stelle in

g-Moll, und Manfred nickte mit dem Kopf im Takt der Musik.

»Sind wir bereit?« fragte Leon leise.

Manfred nickte immer noch und pfiff leise die Melodie mit. Er hörte beim letzten Akkord auf und beteiligte sich an dem stürmischen Applaus, der den Musikern gespendet wurde.

»Ich habe ein Lokal gemietet«, sagte er, während er in die Hände klatschte. »Es wäre besser, wenn wir vorher zusammenkämen.«

»Ist alles dort?«

Manfred sah seinen Gefährten blinzelnd an.

»Beinahe alles.«

Die Musik stimmte die Nationalhymne an, und die beiden Männer erhoben sich und nahmen die Hüte ab. Der Menschenstrom um die Musikkapelle löste sich langsam in der Dämmerung auf, und auch Manfred wandte sich mit seinem Gefährten zum Gehen.

Tausende von Laternen glitzerten auf dem Platz und tauchten ihn in strahlende Helle.

»Nicht auf diese Methode, diesmal?« fragte Gonsalez mehr, als daß er es einfach feststellte.

»Sicherlich nicht«, erwiderte Manfred entschieden.

4

Eines Tages erschien in der Zeitung eine Annonce, welche folgendermaßen lautete:

> Altrenommierte Klischee-Anstalt mit vollständigem Inventar und großem Lager an Chemikalien zu verkaufen.

Die gesamte Druckereibranche sagte: »Das ist Etherington.«

Für den Uneingeweihten ist eine Klischeeanstalt ein Ort

mit surrenden Metallsägen und allerlei Bleiabfällen, lärmenden Drehbänken und großen, starken Bogenlampen.

Für den Eingeweihten ist eine Klischee-Anstalt ein Ort, an dem künstlerische Originale auf Zinkplatten fotografisch übertragen und geätzt werden, um nachher für den Druck verwendet werden zu können. Für den vollkommen Eingeweihten in der Druckereiwelt war die Anstalt Etheringtons eine der übelsten aus der ganzen Branche. Man stellte dort schlecht ausgeführte Druckstöcke zu einem Preis her, der noch ein wenig über dem Durchschnitt lag.

Etheringtons Anstalt wurde seit drei Monaten von einem Konkursverwalter zum Verkauf angeboten. Doch zum Teil wegen ihrer schlechten Lage (sie befand sich in Carnaby Street, also weit entfernt von Fleet Street) und zum Teil wegen des schlechten Zustandes der Maschinen (woraus man erkennt, daß sogar ein behördlich bestellter Verwalter jedes moralische Gefühl verliert, sobald er zu annoncieren anfängt) waren keine Angebote gemacht worden.

Manfred erfuhr von dem Konkursverwalter in der Carey Street, daß das Geschäft entweder gekauft oder gepachtet, in beiden Fällen jedoch sofort übernommen werden könne; daß im oberen Stockwerk des Hauses Räumlichkeiten vorhanden wären, die seit Generationen allen Besitzern als Wohnung gedient hätten, und daß eine Bankreferenz alles sei, was als Garantie vom Unternehmer gefordert würde.

»Ein bißchen ein Narr, dieser Mensch«, sagte der Konkursverwalter bei der Gläubigerversammlung; »glaubt, daß er ein Vermögen machen wird mit der Herstellung von Fotogravüren von Murillos zu einem für Nicht-Kunstverständige erschwinglichen Preis. Er hat mir erzählt, daß er zur Führung des Geschäftes eine kleine Gesellschaft gründen will und daß er dann die Werkstätte sofort kaufen wird.«

Und wirklich meldeten noch am selben Tag Thomas Brown, Kaufmann, Arthur W. Knight, Privatmann, James

Selkirk, Künstler, Andrew Cohen, Finanzier, und James Leech, Künstler, die Eintragung einer Gesellschaft mit beschränkter Haftung an, zur Führung einer Klischee-Anstalt unter gemeinsamer Zeichnung der Anteile.

Nebenbei bemerkt, war Manfred ein großer Künstler. Und fünf Tage vor der zweiten Lesung des Gesetzentwurfes über die Fremdenauslieferung hatte die Gesellschaft die Lokalitäten ihres neuerworbenen Betriebes bezogen, um die zur Führung des Geschäfts notwendigen Vorbereitungen zu treffen.

»Als ich vor Jahren zum erstenmal nach London kam«, sagte Manfred, »erkannte ich, daß die beste Art, seine Identität zu verbergen, die ist, sich als öffentliche Gesellschaft aufzutun. Es steht eine Welt von Respektabilität hinter dem Zeichen ›G.m.b.H.‹, und die Aufmachungen und Bestimmungen einer Gesellschafts-Direktion lenken jeden Argwohn ab, sogar unter Anziehung der allgemeinen Aufmerksamkeit.«

Gonsalez druckte eben ein schönes Plakat, durch das bekanntgegeben wurde, daß der Geschäftsbetrieb der »Gesellschaft zur Reproduktion von Kunstwerken« am 1. Oktober eröffnet würde, und ein zweites schönes Plakat, daß »Keine Arbeitskräfte benötigt« würden, und eine dritte Bekanntgabe, daß Geschäftsreisende und andere Besucher nur nach vorheriger Anmeldung empfangen würden und daß sämtliche Briefe an den Direktor zu adressieren seien.

Es war ein bescheiden aussehender Laden mit weitläufigem Souterrain, das mit dem Inventargerümpel angefüllt war, das der in Liquidation gegangene Ätzer zurückgelassen hatte. Die Parterrelokalitäten waren als Büro verwendet worden, und hier fand man auch ein paar schlecht erhaltene Möbel und schmutzige Aktenbündel.

Überall gab es auch Fächer voll alter Platten, Fächer voll verstaubter Fakturen, Fächer voll alter Rückstände, wie sie sich in einem Büro ansammeln, dessen Angestellter seinen Lohn vom vergangenen Monat noch nicht voll ausbezahlt bekommen hat.

Im ersten Stock war die Werkstätte gewesen, im zweiten das Lager, und das dritte und interessanteste Stockwerk von allen war das, in dem sich die riesigen Kameras und mächtigen Bogenlampen befanden, die einen so wichtigen Bestandteil dieses Geschäftes bildeten.

Im rückwärtigen Teil des Hauses im selben Stockwerk befanden sich drei kleine Zimmer, die dem vergangenen Besitzer als Wohnung gedient hatten.

In einem dieser Zimmer saßen zwei Tage nach Übernahme des Geschäftes die vier Männer aus Cadiz.

Der Herbst war in diesem Jahr früh eingetreten, und draußen fiel ein kalter, sturmgepeitschter Regen; im Kamin brannte ein helles Feuer, was dem Zimmer einen Anschein von Behaglichkeit gab.

Dieses eine Zimmer war gesäubert worden. Man hatte die besten Möbel des ganzen Hauses hier hereingestellt, und auf dem tintenbekleckten Schreibtisch, der die Mitte des Raumes einnahm, standen noch die Reste eines ziemlich luxuriösen Mahles.

Gonsalez las in einem kleinen, roten Büchlein, und es mag hinzugefügt werden, daß er eine goldgeränderte Brille trug; Poiccart arbeitete am anderen Ende des Tisches an einer Skizze, und Manfred rauchte eine lange, dünne Zigarre und studierte den Preiskatalog einer Chemikalienfabrik. Nur Thery, oder Saimont, wie manche es vorzogen ihn zu nennen, tat nichts und saß brütend und zusammengesunken vor dem Feuer, drehte die Daumen und starrte zerstreut in die tanzenden Flammen des Kamins.

Die Unterhaltung wurde nur in abgebrochenen Sätzen geführt, wie zwischen Männern, die mit verschiedenen Gedanken beschäftigt sind. Thery gelang es aber, die Aufmerksamkeit der drei anderen plötzlich zu konzentrieren, indem er von der Hauptsache zu reden anfing, wegen der sie hier waren. Sich unvermittelt von seiner Betrachtung des Feuers abwendend, fragte er:

»Wie lange soll ich noch hier gefangengehalten werden?«

Poiccart sah von seiner Zeichnung auf und bemerkte: »Das fragt er nun heute schon zum drittenmal.«

»Sprechen Sie spanisch!« schrie Thery wütend. »Ich habe diese neue Sprache satt. Ich verstehe sie ebensowenig, wie ich Sie alle zusammen verstehe.«

»Sie müssen warten, bis alles vollendet ist«, sagte Manfred in dem abgerissenen Dialekt Andalusiens; »das haben wir Ihnen schon öfters gesagt.«

Thery knurrte und wendete sich wieder dem Kamin zu.

»Ich habe dieses Leben satt«, sagte er mürrisch. »Ich will ohne Wächter umhergehen – ich will nach Jerez zurück, wo ich ein freier Mann war. Es tut mir leid, daß ich je von dort fort bin.«

»Mir auch«, sagte Manfred ruhig; »aber ich hoffe, um Ihretwillen, daß es mir nicht so sehr leid zu tun braucht.«

»Wer sind Sie?« platzte Thery nach einem Augenblick des Schweigens heraus. »Was sind Sie? Warum wollen Sie töten? Sind Sie Anarchisten? Wieviel Geld verdienen Sie daran? Ich will das wissen.«

Weder Poiccart noch Gonsalez noch Manfred schienen die befehlende Art der Fragestellung des von ihnen rekrutierten Mannes übelzunehmen. Das glattrasierte, scharfgeschnittene Gesicht Gonsalez' zuckte freudig vor Erregung und Interesse auf, und seine kalten, blauen Augen öffneten sich neugierig.

»Tadellos! Tadellos!« murmelte er, während er das Gesicht des anderen beobachtete: »Spitze Nase, niedrige Stirn und – articulorum se ipsos torquentium sonus; gemitus mugitusque parum explanatis . . .«

Der Physiognomie-Forscher hätte so noch eine Weile fortfahren können in Senecas Beschreibung des Zornigen Mannes, doch Thery war aufgesprungen und starrte die drei finster an.

»Wer sind Sie?« fragte er ganz langsam. »Woher soll ich es wissen, ob Sie nicht Geld dafür bekommen? Ich will wissen, warum Sie mich gefangenhalten, warum Sie mir keine Zeitungen zeigen, warum Sie mich niemals allein auf der Straße gehen oder mit jemandem sprechen lassen, der meine Sprache spricht? Sie sind nicht aus Spanien, Sie auch nicht und Sie auch nicht – Ihr Spanisch ist –, ja, aber Sie sind doch gar nicht aus dem Lande, ich weiß es doch. Sie verlangen von mir, daß ich töten soll – aber Sie wollen mir nicht sagen, wie . . .«

Manfred erhob sich und legte dem anderen die Hand auf die Schulter.

»Señor«, sagte er – und in seinem Blick lag nichts als reine Güte –, »halten Sie Ihre Ungeduld ein wenig im Zaum, ich bitte Sie darum. Ich versichere Ihnen nochmals, daß wir nicht um eines Gewinnes willen töten. Diese beiden Herren, die Sie hier sehen, besitzen jeder ein Vermögen von über sechs Millionen Pesetas, und ich bin noch reicher als die beiden; wir töten und werden töten, weil jeder von uns unter einer Ungerechtigkeit zu leiden hatte, gegen die das Gesetz keinen Schutz gewährt. Wenn . . . wenn . . .«, er zögerte, wendete aber während dieser Zeit seine grauen Augen nicht von dem Spanier ab, und fuhr fort: »Wenn wir Sie töten würden, so wäre das die erste Handlung dieser Art . . .«

Thery war auf den Beinen, weiß und knurrend, den Rücken gegen die Mauer – ein Wolf, von bellenden Hunden umringt –, und blickte mit wildem Argwohn von einem zum andern.

»Mich – mich!« keuchte er. »Mich töten?«

Keiner von den dreien rührte sich, bis auf Manfred, der seine ausgestreckte Hand sinken ließ.

»Ja, Sie«, sagte er und nickte, während er sprach. »Es wäre etwas ganz Neues für uns; denn wir haben noch nie außer um der Gerechtigkeit willen getötet – und Sie zu töten, wäre eine Ungerechtigkeit.«

Poiccart sah Thery mitleidig an.

»Darum eben haben wir Sie gewählt«, sagte Poiccart, »denn es bestand immer die Gefahr des Verrates, und da meinten wir – es wäre noch am besten: Sie.«

»Verstehen Sie uns richtig«, nahm Manfred wieder ruhig seine Rede auf. »Es soll Ihnen kein Haar auf Ihrem Haupt gekrümmt werden, wenn Sie treu bleiben – Sie sollen eine Entschädigung bekommen, die Sie in die Lage versetzen wird, anständig zu leben –, denken Sie an das Mädchen in Jerez.«

Thery setzte sich wieder nieder und zuckte gleichgültig die Achseln, doch seine Hände zitterten, als er ein Streichhölzchen anrieb, um sich eine Zigarette anzuzünden.

»Wir werden Ihnen mehr Freiheit geben – Sie sollen jeden Tag ausgehen können. In einigen Tagen werden wir alle nach Spanien zurückfahren. Man nannte Sie im Gefängnis zu Granada den schweigsamen Mann – wir glauben, daß Sie es auch weiterhin bleiben werden.«

Danach wurde die Unterhaltung für den Spanier unverständlich, denn die Männer sprachen englisch.

»Es hat nun weiter keine Schwierigkeiten mit ihm«, sagte Gonsalez; »seitdem wir ihn wie einen Engländer gekleidet haben, fällt er nicht mehr auf. Er rasiert sich nicht gerne jeden Tag; aber es ist unbedingt notwendig. Ich erlaube ihm auch nicht, auf der Straße zu reden, und das geht ihm ein wenig auf die Nerven.«

Manfred lenkte das Gespräch nun in ernstere Bahnen.

»Ich werde nun noch zwei Warnungen abschicken, und eine von den beiden muß mitten in die feindliche Festung gelangen. Er ist ein tapferer Mann.«

»Was ist mit Garcia?« fragte Poiccart.

Manfred lachte.

»Ich habe ihn Sonntag abend gesehen – ein feiner alter Kerl, feurig und ein großer Redner. Ich saß ganz hinten in einem kleinen Saal, während er auf französisch für die Menschenrechte eintrat. Er war ein Jean Jacques Rousseau, ein Mirabeau, und die Zuhörerschaft bestand hauptsächlich aus Londoner Burschen, die bloß hingekommen waren, um sich brüsten zu können, daß sie im Tempel des Anarchismus gestanden hätten.«

Poiccart hämmerte ungeduldig mit den Fingern auf den Tisch.

»Warum kommt nur zu all diesen Dingen immer ein Anschein des Lächerlichen, George?«

Manfred lachte.

»Erinnerst du dich an Anderson? Als wir ihn geknebelt und an den Stuhl gebunden hatten und ihm sagten, warum er sterben müsse – als nur noch die flehenden Augen des Verurteilten und der halbfinstere Raum mit der flackernden Lampe da waren und du und Leon und der arme Clarice maskiert und schweigend dastanden und ich ihn eben zum Tode verurteilt hatte –, erinnerst du dich, wie da plötzlich der Geruch gerösteter Zwiebeln aus der Küche langsam hereingeschlichen kam?«

»Ich erinnere mich auch noch an den Fall jenes Königsmordes«, sagte Leon.

Poiccart nickte zustimmend.

»Du meinst das Mieder«, sagte er, und die beiden anderen nickten und lachten.

»Es wird immer etwas Lächerliches dabeisein«, sagte Manfred; »der arme Garcia, der das Schicksal einer Nation in der Hand hält, als Gegenstand der Unterhaltung für Ladenmädchen – eine Tragödie mit Zwiebelgeruch – ein in den Leib gerannter Degen und die Fischbeinstäbe eines Mieders – die Dinge lassen sich nicht voneinander trennen.«

Während all dieser Zeit rauchte Thery Zigaretten und starrte, den Kopf in die Hände gestützt, in die Flammen.

»Um auf die Sache zurückzukommen, die wir nun zu erledigen haben«, sagte Gonsalez. »Ich nehme an, daß nichts weiter zu geschehen hat, bis – zu dem eigentlichen Tag?«

»Nichts.«

»Und dann?«

»Haben wir unsere Kunstreproduktionen.«

»Und dann?« fragte Poiccart beharrlich weiter.

»Dann gibt es einen Fall in Holland, nämlich Hermanus van der Byl; aber das wird einfach sein, und es wird auch nicht notwendig sein, ihn erst zu warnen.«

Poiccarts Gesicht blieb ernst.

»Ich bin froh, daß du van der Byl vorgeschlagen hast; man hätte die Sache schon früher erledigen sollen – Hoek van Holland oder Vlissingen?«

»Wenn wir Zeit haben, jedenfalls Hoek.«

»Und Thery?«

»Das werde ich schon besorgen«, erwiderte Gonsalez leichthin. »Wir werden über Land gehen, nach Jerez – wo das Mädchen ist«, fügte er lachend hinzu.

Der Gegenstand ihrer Unterhaltung hatte seine zehnte Zigarette beendet und richtete sich stöhnend in seinem Sessel auf.

»Ich habe vergessen, euch zu erzählen«, fuhr Leon fort, »daß Thery unlängst auf unserem Spaziergang sehr viel Interesse zeigte für die Ankündigungen, die er überall angeschlagen sah, und besonders neugierig war er, zu erfahren, warum so viele Leute sie lasen. Ich mußte aus dem Stegreif etwas zusammenlügen, und ich hasse das Lügen.« – Gonsalez meinte das ganz aufrichtig. »Ich erfand eine Geschichte von einem Rennen, einer Lotterie oder etwas Ähnlichem, und damit gab er sich zufrieden.«

Thery hatte seinen Namen nennen hören, trotz der englischen Aussprache, und blickte fragend auf.

»Wir lassen dich jetzt allein, um unseren Freund zu unterhalten«, sagte Manfred, sich erhebend. »Poiccart und ich haben noch einige Experimente zu machen.«

Die beiden verließen das Zimmer, durchschritten den engen Gang und blieben am anderen Ende vor einer kleinen Tür stehen. Eine größere Tür, mit Schloß und Riegel versehen, führte rechts in das Arbeitszimmer. Manfred zog einen kleinen Schlüssel aus der Tasche, öffnete die Tür, trat in das Zimmer ein und zündete das Licht an, das trübe durch eine verstaubte Birne schien. Man hatte schwache Versuche gemacht, in diesem Chaos Ordnung zu schaffen. Zwei Regale waren gesäubert worden, und auf diesen standen Reihen von kleinen Phiolen, von denen jede eine Nummer trug. Ein Arbeitstisch war in den Raum unterhalb der Stellagen gerückt worden, und auf dem grünen Überzug des Tisches standen verstreut Meßgläser, Reagenzröhrchen, Kondensatoren, Minimalwaagen und zwei seltsam geformte Glasvorrichtungen, die Gasgeneratoren glichen.

Poiccart rückte einen Stuhl an den Tisch heran und hob vorsichtig einen Becher in die Höhe, der in einem Wasserbad stand. Manfred sah ihm über die Schulter zu und machte eine Bemerkung über die Flüssigkeit, die das Gefäß zur Hälfte füllte, und Poiccart beugte den Kopf noch etwas tiefer herab, als nehme er die Bemerkung als ein Kompliment hin.

»Ja«, sagte er befriedigt, »es ist ein vollkommener Erfolg; die Formel stimmt. Vielleicht werden wir sie eines Tages anwenden.«

Er stellte den Becher in das Wasserbad zurück und, unter

den Tisch greifend, holte er aus einem Kübel eine Handvoll Eisstückchen hervor, mit denen er den Behälter sorgfältig umgab.

»Ich sehe dies als den Multum-in-parvo-Sprengstoff an«, sagte er; dann nahm er von der Stellage eine kleine Phiole herunter, öffnete den Stöpsel und goß ein paar Tropfen einer weißlichen Flüssigkeit in den Metallbecher.

»Das neutralisiert das Gemenge«, sagte Poiccart mit einem Seufzer der Erleichterung. »Ich bin nicht nervös, aber dies ist der erste ruhige Augenblick, den ich seit zwei Tagen habe.«

»Es stinkt entsetzlich«, sage Manfred, das Taschentuch vor die Nase haltend.

Aus dem Becher stieg dünner Rauch auf.

»Ich habe das vorher noch nie bemerkt«, erwiderte Poiccart, tauchte ein dünnes Glasstäbchen in die Mischung, zog es dann wieder heraus und beobachtete, wie die rötlichen Tropfen von dem unteren Ende des Stäbchens herabträufelten.

»Es ist alles in Ordnung«, sagte er.

»Und jetzt ist es kein Sprengstoff mehr?« fragte Manfred.

»Es ist ebenso harmlos wie eine Tasse Schokolade.«

Poiccart wischte das Stäbchen an einem Tuch ab, stellte die Phiole an ihren Platz zurück und wandte sich seinem Gefährten zu.

»Und nun?« fragte er.

Manfred antwortete nicht, sondern sperrte eine altmodische Kassette auf, die in einer Ecke des Raumes stand. Dieser entnahm er ein Kästchen aus poliertem Holz, das er öffnete, so daß der Inhalt sichtbar wurde.

»Wenn Thery der gute Arbeiter ist, der er zu sein behauptet, so haben wir hier den Köder, der Sir Philip Ramon in den Tod locken wird«, sagte er.

Poiccart schaute hin. »Sehr geistreich«, war alles, was er erwiderte. Dann: »Weiß Thery, was für ein Aufsehen er erregt hat?«

Manfred schloß den Deckel und stellte das Kästchen an seinen früheren Platz zurück, bevor er antwortete.

»Weiß Thery, daß er der Vierte Gerechte ist?« fragte er; dann fügte er langsam hinzu: »Ich glaube nicht. – Und es ist besser, wenn er es nicht weiß. Tausend Pfund sind rund gerechnet dreiunddreißigtausend Pesetas, und dann ist da noch der Straferlaß – und das Mädchen in Jerez«, setzte er nachdenklich hinzu.

Smith, der Reporter, kam auf eine glänzende Idee, die er sogleich seinem Chef vortrug.

»Nicht schlecht«, sagte der Redakteur, was eigentlich soviel hieß, daß die Idee wirklich sehr gut war – »gar nicht schlecht.«

»Es fiel mir ein«, sagte der belohnte Reporter, »daß der eine oder andere von den Vieren vielleicht ein Ausländer ist, der nicht ein Wort Englisch versteht.«

»Ganz richtig«, sagte der Chef; »ich danke Ihnen für die Anregung. Ich werde die Sache heute nacht machen lassen.«

Und dieses Gespräch war die Ursache, daß am nächsten Morgen die Polizei-Ankündigung im »Megaphone« in französischer, italienischer, deutscher – und spanischer Sprache erschien.

5

Als der Redakteur des »Megaphone« nach dem Abendessen in das Büro zurückkehrte, begegnete er auf der Treppe dem Chefredakteur. Dieser schob für einen Augenblick die Gedanken an ein neues Projekt, das ihn gerade beschäftigte, beiseite – das Haus des »Megaphone« ist die Heimat neuer Projekte – und erkundigte sich nach den Vier Gerechten.

»Die Aufregung hält noch immer an«, erwiderte der Redakteur. »Die Leute reden von nichts anderem als von der kommenden Debatte über das Auslieferungsgesetz, und die Regierung veranlaßt alle möglichen Vorsichtsmaßregeln gegen einen Überfall auf Ramon.«

»Wie ist die allgemeine Stimmung?«

Der Redakteur zuckte die Achseln. »Man glaubt nicht, daß etwas geschehen wird, trotz der Bombe.«

Der Chefredakteur überlegte und fragte dann schnell: »Was glauben Sie eigentlich?«

Der Redakteur lachte.

»Ich glaube, daß die Drohung niemals ausgeführt werden wird; diesmal haben sich die Vier Gerechten verrechnet. Hätten sie Ramon nicht gewarnt, so hätten sie vielleicht etwas ausgerichtet, aber gewarnt . . .«

»Nun, wir werden ja sehen«, sagte der Chefredakteur und ging nach Hause.

Während der Redakteur die Treppe hinaufging, überlegte er, wie lange die Vier Gerechten noch die Spalten seines Blattes füllen würden, und hoffte insgeheim, daß sie ihr Vorhaben ausführen würden, selbst wenn es mit einem Mißerfolg enden sollte.

Sein Zimmer war verschlossen; er suchte nach seinem Schlüssel, sperrte auf und trat ein.

»Ich bin neugierig«, überlegte er und streckte die Hand nach dem Schalter aus, um das Licht anzudrehen . . .

Da – ein blendender Blitzstrahl – Funken spritzten – und wieder herrschte tiefe Dunkelheit.

Erschreckt trat er wieder auf den Korridor hinaus und schrie nach Licht.

»Holen Sie einen Elektriker«, brüllte er; »eine von diesen verdammten Sicherungen ist durchgebrannt!«

Als man eine Lampe brachte, fand man das Zimmer voll Rauch; der Elektriker sah, daß alle Birnen sorgfältig aus den Fassungen geschraubt und auf den Tisch gelegt worden waren.

Von einem der Wandarme hing ein gedrehtes Stück Leitungsdraht herab, das in ein kleines schwarzes Kästchen mündete, und von dort aus stiegen die dichten Rauchwolken auf.

»Öffnen Sie die Fenster!« befahl der Redakteur, und nachdem man einen Kübel voll Wasser geholt hatte, wurde das kleine Kästchen sorgfältig hineingestellt. Dann erst entdeckte der Redakteur den Brief – diesen grünlich-grauen Brief, der auf seinem Schreibtisch lag. Er nahm ihn in die Hand, drehte ihn von einer Seite auf die andere und bemerkte bei dieser sorgfältigen Untersuchung, daß der Gummi des Briefumschlages noch feucht war.

Nun erst las er den Brief.

Sehr geehrter Herr, als Sie heute abend das Licht in Ihrem Büro anzündeten, glaubten Sie wahrscheinlich eine Sekunde lang, daß Sie das Opfer einer jener Gewalttätigkeiten wären, über die Sie so gerne berichten. Wir schulden Ihnen eine Erklärung und bitten Sie um Verzeihung wegen der Unbequemlichkeiten, die wir Ihnen bereitet haben. Die Entfernung Ihrer Lampen und die Verbindung des Lichtschalters mit einer kleinen Ladung Magnesiumpulver sind die Ursache der Störung. Wir bitten Sie, überzeugt zu sein, daß es für uns ebenso leicht gewesen wäre, statt dessen die Verbindung mit einer Ladung Nitroglyzerin herzustellen und Sie so zu Ihrem eigenen Henker zu machen. Wir haben dies getan zum Beweis der Unerschütterlichkeit unserer Absicht, das gegebene Versprechen bezüglich des Auslieferungsgesetzes auch zu halten. Es gibt keine Macht der Welt, die Sir

Philip Ramon vor dem Tode schützen könnte, und wir bitten Sie dringend, als die führende Stimme eines Propagandamittels, Ihr ganzes Gewicht zugunsten der Gerechtigkeit in die Waagschale zu werfen und an Ihre Regierung zu appellieren, damit sie eine ungerechte Maßnahme zurückzieht. Dadurch würde nicht nur das Leben vieler harmloser Menschen gerettet, die in Ihrem Lande eine Zufluchtsstätte gefunden haben, sondern auch das Leben eines Ministers, dessen einziger Fehler in unseren Augen sein allzu großer Eifer in der Verfolgung einer ungerechten Sache ist.

Die Vier Gerechten

»Hui!« pfiff der Redakteur und wischte sich die Stirn ab, während er einen scheuen Seitenblick auf das durchweichte Kästchen warf, das friedlich auf dem Wasser des Eimers schwamm.

»Ist irgend etwas nicht in Ordnung, Herr Redakteur?« fragte der Elektriker.

»Nein, nichts«, erwiderte der andere scharf. »Machen Sie Ihre Arbeit fertig, schrauben Sie die Birnen wieder ein, und gehen Sie dann.«

Der unbefriedigte und neugierige Elektriker sah auf das schwimmende Kästchen und den abgeschnittenen Draht.

»Schaut merkwürdig aus, die Sache«, sagte er. »Wenn Sie mich fragen . . .«

»Ich frage Sie gar nichts! Machen Sie Ihre Arbeit fertig«, unterbrach ihn der Journalist.

»'tschuldigen, bitte«, sagte der zurechtgewiesene Handwerker.

Eine halbe Stunde später saß der Redakteur des »Megaphone« bei Welby und besprach die Sache mit ihm.

Welby, der größte Auslandsredakteur Londons, grinste höflich und drückte sein Erstaunen aus.

»Ich war immer der Meinung, daß diese Leute Ernst machen«, sagte er vergnügt, »ja, noch mehr, ich bin sogar fest überzeugt davon, daß sie ihr Versprechen halten werden. Als ich in Genua war« – Welby hatte den größten Teil seiner Informationen aus erster Hand –, »als ich in Genua war – oder war das in Sofia? –, da begegnete ich einem Mann, der mir von dieser Trelovitch-Affäre erzählte. Trelovitch war einer jener Leute, die den König von Serbien ermordet hatten. Sie erinnern sich doch? Nun, eines Tages hatte er seine Wohnung verlassen, um ins Theater zu gehen – in derselben Nacht wurde er tot auf einem öffentlichen Platz gefunden, einen Degen ins Herz gestoßen. Zwei auffallende Tatsachen wurden entdeckt.« Der Auslandsredakteur zählte sie an seinen Fingerspitzen ab. »Erstens war der General ein berühmter Fechter gewesen, und es sprachen alle Tatsachen dafür, daß er nicht meuchlings ermordet worden war, sondern daß er in einem Duell gefallen war. Die zweite war, daß er ein Mieder trug, wie viele Offiziere; einer seiner Mörder hatte diese Tatsache herausgefunden, wahrscheinlich durch einen Säbelhieb, und hatte ihn gezwungen, das Mieder abzulegen; jedenfalls fand man dieses Kleidungsstück neben seiner Leiche.«

»Wußte man damals, daß es eine Tat der Vier Gerechten war?« fragte der Redakteur.

Welby schüttelte den Kopf.

»Nicht einmal ich hatte vorher je von ihnen gehört«, sagte er gekränkt. Dann fragte er: »Was haben Sie veranlaßt wegen dieses kleinen Schreckens, den Sie da eben erlitten haben?«

»Ich habe den Portier ausgefragt und die Diener und alle anderen Leute, die zu der Zeit eben Dienst hatten; doch das Gehen und Kommen unseres geheimnisvollen Freundes – ich glaube nicht, daß es mehr als einer war – bleibt unaufgeklärt. Es ist eine ganz merkwürdige Sache. Wissen Sie, Welby, ich habe wirklich ein unheimliches Gefühl dabei. Der Gummi des Briefumschlages war noch feucht; der Brief muß knapp, bevor ich das Zimmer betreten habe, vielleicht einige Sekunden zuvor, geschrieben und verschlossen worden sein.«

»Waren die Fenster offen?«

»Nein; alle drei waren geschlossen und zugehakt, zudem wäre es unmöglich gewesen, vom Fenster aus in das Zimmer zu gelangen.«

Der Detektiv, der gekommen war, um Bericht über die näheren Umstände zu erstatten, bekräftigte diese Ansicht.

»Der Mann, der diesen Brief geschrieben hat, muß das Zimmer etwa eine Minute, bevor Sie kamen, verlassen haben«, schloß er und nahm den Brief an sich.

Da es ein sehr junger und begeisterter Detektiv war, stellte er, bevor er seine Nachforschungen beendete, noch eine überaus genaue Durchsuchung des Zimmers an, hob die Teppiche hoch, klopfte die Wände ab, untersuchte die Schränke und nahm komplizierte und unnötige Messungen mit einem Zollstab vor.

»Es gibt eine Menge von unseren Leuten, die über Detektivgeschichten lachen«, erklärte er dem belustigten Redakteur, »doch ich habe beinahe alles gelesen, was Gaboriau und Conan Doyle geschrieben haben, und ich halte etwas davon, die kleinen Dinge nicht außer acht zu lassen. Ist nicht vielleicht irgend etwas, ein wenig Zigarrenasche oder dergleichen, zurückgeblieben wie?« fragte er ernst.

»Leider nicht!« sagte der Redakteur bedauernd.

»Schade«, erwiderte der Detektiv, wickelte die »Höllenmaschine« mit allem Zubehör ein und verabschiedete sich.

Nachträglich erzählte der Redakteur seinem Kollegen Welby, daß der Schüler Sherlock Holmes' eine halbe Stunde damit verbracht habe, den Boden mit einem Vergrößerungsglas zu untersuchen.

»Er fand einen halben Sovereign, den ich vor Wochen verloren hatte, es ist also wirklich . . .«

Während dieses ganzen Abends wußte mit Ausnahme von Welby und dem Redakteur niemand, was in jenem Zimmer vorgefallen war. In den unteren Räumen ging das Gerücht um, daß im Arbeitszimmer des Chefs ein kleines Malheur passiert sei.

»In der Wohnung vom Chef ist eine Sicherung durchgebrannt, und er hat einen närrischen Schreck bekommen«, sagte der Mann, der die Schiffahrtslisten führte.

»Du lieber Gott«, sagte der Sachverständige für Wetterprognose und sah von seiner Tabelle auf, »wissen Sie, so etwas Ähnliches ist mir auch einmal passiert: ich war unlängst . . .«

Der Chefredakteur hatte dem Detektiv, bevor dieser sich verabschiedet hatte, einige höchst eindringliche Worte gesagt:

»Nur Sie und ich wissen etwas von diesem Vorfall; wenn die Sache also bekannt wird, so weiß ich, daß es von Scotland Yard aus geschehen ist.«

»Sie können sich darauf verlassen, daß von unserer Seite aus nichts durchsickert«, lautete die Antwort des Detektivs, »wir sitzen ohnehin schon tief genug in der Patsche.«

»Gut also«, sagte der Redakteur, und dieses »gut also« klang wie eine Drohung.

Und so hielten Welby und der Chef die Sache geheim bis eine halbe Stunde vor Drucklegung des Blattes. Dies mag dem Laien merkwürdig vorkommen, doch die Erfahrung hat die meisten Zeitungsherausgeber gelehrt, daß Neuigkeiten eine unglückselige Tendenz haben, durchzusickern, noch bevor sie im Druck erscheinen.

Böse Setzer – und sogar Setzer können böse Menschen sein – haben schon manches Mal wichtige und vertrauliche Manuskripte abgedruckt, sie durch ein bequem gelegenes

Fenster geworfen, wo sie unmittelbar vor einem geduldig wartenden Menschen niederfielen, der zufällig unten auf der Straße stand und der sie dann sofort in die Redaktion eines Konkurrenzblattes trug, wo sie für mehr als ihr Gewicht in Gold verkauft wurden. Solche Fälle sind schon vorgekommen.

Doch um halb zwölf Uhr begann das summende Bienenhaus des »Megaphone« zu surren, denn da erhielten die übrigen Schriftleiter die ersten Nachrichten von der »Gewalttat«.

Das war eine große Sensation – wieder ein Schlager des »Megaphone«, in fettgedruckten Überschriften bis über die halbe Seite hinunter angekündigt mit »Wieder die Vier Gerechten« – »Gewalttat in der Redaktion des Megaphone« – »Teuflische Erfindungskraft« – »Ein neuerlicher Drohbrief« – »Die Vier werden ihr Wort halten« – »Bemerkenswertes Dokument« – »Wird es der Polizei gelingen, Sir Philip Ramon zu retten?«

»Eine ausgezeichnete Geschichte«, sagte der Chefredakteur und sah befriedigt die Bürstenabzüge an. Er war eben im Fortgehen begriffen und sprach noch kurz mit Welby vor der Tür seines Büros.

»Nicht übel«, sagte der kritische Welby. »Ich glaube ... hallo!«

Dieser letzte Ausruf galt einem Diener, der mit einem Fremden vor der Tür erschien.

»Der Herr wünscht mit jemandem zu sprechen, Herr Redakteur – er ist ein wenig aufgeregt. Ein Ausländer – ich versteh' nicht, was er will, darum habe ich ihn zu Ihnen geführt« – diese Worte waren an Welby gerichtet.

»Was wünschen Sie?« fragte der Redakteur auf französisch.

Der Mann schüttelte den Kopf und sagte ein paar Worte in einer fremden Sprache.

»Ah!« sagte Welby, »Spanisch ... was wünschen Sie?« fragte er in dieser Sprache.

»Ist das die Redaktion dieser Zeitung?« Der Mann zog eine schmutzige Nummer des »Megaphone« hervor.

»Ja.«

»Kann ich mit dem Herausgeber des Blattes sprechen?«

Der Chefredakteur sah mißtrauisch drein.

»Ich bin der Herausgeber«, sagte er.

Der Mann schaute erst scheu über seine Achsel zurück, dann beugte er sich vor und sagte zögernd:

»Ich bin einer von den Vier Gerechten.«

Welby machte einen Schritt auf ihn zu und blickte ihn ganz aus der Nähe prüfend an.

»Wie heißen Sie?« fragte er schnell.

»Miguel Thery aus Jerez«, erwiderte der Mann.

Es war halb zehn vorbei, als der Wagen, in dem Manfred und Poiccart auf ihrer Rückfahrt aus einem Konzert saßen, Hanover Square passiert hatte und nun nach Oxford Street fuhr.

»Man sagt, daß man den Redakteur sprechen will«, erklärte Manfred; »man wird also in die Redaktion hinaufgeführt – dort sagt man, was man wünscht. Die Leute bedauern sehr, aber sie können einem leider nicht dienen. Sie sind sehr höflich, aber schließlich begleiten sie einen doch nicht bis vor das Haustor; so irrt man also umher und sucht den Ausgang, und auf dem Weg dorthin kommt man an dem Zimmer des Redakteurs vorbei; da man weiß, daß er fort ist, kann man hineinschlüpfen, alle Vorkehrungen treffen, wieder hinausgehen und die Tür hinter sich abschließen, wenn niemand in der Nähe ist, während man ein paar Abschiedsworte an eine imaginäre, im Zimmer befindliche Person zurückruft, falls man von jemandem gesehen wird und – voilà!«

Poiccart biß die Spitze seiner Zigarre ab.

»Man verwende für das Kuvert einen Gummi, der eine Stunde zum Trocknen braucht, und man vergrößert damit die Sensation«, sagte er trocken, und Manfred lächelte belustigt.

»Das eben erst verschlossene Kuvert übt auf den englischen Detektiv eine unwiderstehliche Anziehungskraft aus.«

Der Wagen fuhr durch die Oxford Street und bog gerade in die Edguare Road ein, als Manfred das Fensterchen zum Chauffeursitz öffnete.

»Wir werden hier aussteigen«, rief er, und das Taxi fuhr an den Gehsteig heran, um anzuhalten.

»Ich dachte, Sie hätten gesagt, Pembridge Garden?« bemerkte der Chauffeur, als Manfred ihn bezahlte.

»Ja, ganz richtig«, gab Manfred zu. »Gute Nacht.«

Sie standen plaudernd am Rande des Gehsteigs, bis das Taxi außer Sicht war. Dann kehrten sie zum Marble Arch zurück, schritten zur Park Lane hinüber, gingen diese elegante Straße hinunter und dann zum Piccadilly hinüber. Hier in der Nähe befand sich ein Restaurant mit einer langen Bar und vielen kleinen Nischen, wo die Leute um Marmortischchen saßen, tranken und redeten. In einer dieser Nischen saß Gonsalez ganz allein, rauchte eine lange Zigarre, und sein glattrasiertes, ruhiges Gesicht trug den Ausdruck nachdenklicher Zufriedenheit.

Keiner von den beiden Männern gab bei dieser Begegnung das leiseste Zeichen der Überraschung kund – doch Manfreds Herz hatte für eine Sekunde lang zu schlagen aufgehört, und auf den bleichen Wangen Poiccarts waren zwei rote Flecken erschienen.

Sie setzten sich. Als der Kellner kam, machten sie ihre Bestellungen, und erst, als er sich wieder entfernt hatte, fragte Manfred leise: »Wo ist Thery?«

Leon zuckte beinahe unmerklich die Achseln.

»Thery ist entflohen«, antwortete er ruhig.

Eine Minute lang sprach keiner von den Männern ein Wort, dann aber fuhr Leon fort:

»Du hast ihm heute früh, bevor du fortgegangen bist, ein Paket Zeitungen gegeben, nicht wahr?«

Manfred nickte.

»Es waren englische Blätter«, sagte er. »Thery kann kein Wort Englisch. Aber es waren Bilder darin – ich dachte, das könne ihn etwas zerstreuen.«

»Du hast ihm unter anderem auch den ›Megaphone‹ gegeben?«

»Ja – ah!« Manfred erinnerte sich.

»Die Ausschreibung einer Belohnung – und die Zusicherung des vollen Straferlasses – waren darin in spanischer Sprache abgedruckt.«

Manfred starrte ins Leere.

»Ich erinnere mich«, sagte er langsam; »Ich habe es nachher gelesen.«

»Das war eine sehr gute Idee«, bemerkte Poiccart.

»Ich bemerkte wohl, daß er sehr aufgeregt war, aber ich schrieb dies der Tatsache zu, daß wir ihm tags zuvor gesagt hatten, auf welche Art wir Ramon beseitigen wollen und welche Rolle ihm dabei zufallen würde.«

Leon wechselte das Gesprächsthema, da der Kellner die bestellten Erfrischungen brachte.

»Das ist ja unsinnig«, fuhr er fort, ohne den Tonfall seiner Stimme zu ändern, »daß ein Pferd, auf das so hoch gewettet worden ist, nicht wenigstens einen Monat früher nach England gebracht wurde.«

»Daß eine schlechte Kanalüberfahrt dazu führen soll, daß der Favorit eines großen Rennens gestrichen werden muß, ist noch nicht dagewesen«, fügte Manfred mißbilligend hinzu.

Der Kellner verließ den Tisch wieder.

»Wir sind heute nachmittag spazierengegangen«, nahm Leon die Unterhaltung wieder auf, »und passierten die Regent Street, wo er alle Augenblicke stehenblieb, um sich eine Auslage anzusehen, und plötzlich – wir standen vor dem Schaufenster eines Fotografen – vermißte ich ihn. Es waren Hunderte von Menschen auf der Straße – aber weit und breit kein Thery ... Ich habe ihn seither ununterbrochen gesucht.«

Leon schlürfte an seinem Getränk und sah auf die Uhr. Die beiden anderen sagten nichts und taten nichts.

Ein aufmerksamer Beobachter hätte vielleicht bemerkt, daß Manfreds und Poiccarts Hände zum obersten Knopf ihrer Röcke hinaufglitten.

»Vielleicht doch nicht so schlimm«, sagte Gonsalez.

Manfred unterbrach das Schweigen der beiden.

»Ich nehme die ganze Schuld auf mich«, fing er an, doch Poiccart brachte ihn mit einer Handbewegung zum Schweigen.

»Wenn überhaupt von einer Schuld die Rede sein kann, so bin ich allein schuldlos«, sagte er und lachte kurz auf. »Nein, George, es ist zu spät, um über die Schuldfrage zu sprechen. Wir haben die Gewitztheit der Herren Zeitungsherausgeber unterschätzt – und –«

»Das Mädchen in Jerez«, schloß Leon.

Fünf Minuten gingen vorüber, ohne daß einer von ihnen sprach; sie überlegten schnell, jeder für sich.

»Ich habe unweit von hier ein Auto stehen«, sagte Leon endlich. »Ihr habt mir gesagt, daß ihr gegen elf Uhr hier sein werdet; wir haben die Naphtha-Barkasse in Burnham on Crouch – gegen Morgen könnten wir in Frankreich sein.«

Manfred sah ihn an. »Was meinst du dazu?« fragte er.

»Ich meine, dableiben und die Sache zu Ende führen«, sagte Leon.

»Ich auch«, sagte Poiccart ruhig, aber entschieden.

Manfred rief den Kellner und verlangte die letzte Abendausgabe irgendeiner Zeitung.

Die Zeitung wurde gebracht, Manfred prüfte sie sorgfältig Seite um Seite und warf sie dann weg.

»Nichts drin«, sagte er. »Wenn Thery auf die Polizei gegangen ist, so müssen wir uns verstecken und irgendeine andere Methode anwenden als die besprochene; oder wir können jetzt gleich handeln. Schließlich hat uns Thery alles gesagt, was wir wissen wollten, aber . . .«

»Das wäre unfair gegen Ramon«, beendete Poiccart den Satz, und zwar in einem Ton, der diese Möglichkeit vollständig ausschloß. »Er hat noch zwei Tage und soll noch eine letzte Warnung erhalten.«

»Dann müssen wir Thery finden.«

Es war Manfred, der gesprochen hatte, und er erhob sich, von Poiccart und Gonsalez gefolgt.

»Wenn Thery nicht auf die Polizei gegangen ist – wohin könnte er gegangen sein?«

Der Ton, in dem Leon dies fragte, legte einem die Antwort nahe.

»In die Redaktion der Zeitung, die die spanische Verlautbarung veröffentlicht hat«, erwiderte Manfred, und instinktiv wußten die beiden anderen, daß dies die richtige Lösung war.

»Dein Auto wird uns doch noch gute Dienste leisten«, sagte Manfred; und die drei Männer verließen die Bar.

In der Redaktion stand Thery den beiden Journalisten gegenüber.

»Thery?« wiederholte Welby. »Den Namen kenne ich nicht. Woher kommen Sie?«

»Ich komme aus Jerez in Andalusien.«

»Nein, das meine ich nicht«, unterbrach ihn Welby; »von wo kommen Sie jetzt – aus welchem Teil Londons?«

Thery hob verzweifelt die Hände.

»Wie soll ich das wissen? Es gibt so viele Häuser und Straßen und Menschen – aber es ist in London; und ich sollte einen Mann töten, einen Minister, weil er ein schlechtes Gesetz gemacht hat – sie haben mir nicht gesagt . . .«

»Sie – wer ›sie‹?« fragte der Redakteur eifrig.

»Die anderen drei.«

»Aber wie heißen sie?«

Thery warf dem Fragesteller einen mißtrauischen Blick zu.

»Es ist eine Belohnung ausgesetzt«, sagte er zurückhaltend, »und voller Straferlaß. Die will ich zuerst haben, bevor ich spreche . . .«

Der Redakteur ging auf seinen Schreibtisch zu.

»Wenn Sie einer der Vier sind, so werden Sie Ihre Belohnung bekommen – einen Teil davon können Sie sofort haben.«

Er drückte auf einen Knopf, und ein Diener erschien.

»Gehen Sie in die Setzerei und sagen Sie dem Faktor, daß niemand von den Leuten fortgehen darf, bevor ich es nicht erlaube.«

Unten dröhnten die Maschinen und warfen die ersten Nummern der Morgenblätter heraus.

»Und jetzt«, wandte sich der Redakteur wieder an Thery, der verlegen bald auf dem einen, bald auf dem anderen Fuß stand – »sagen Sie mir alles, was Sie wissen.«

Thery antwortete nicht und hielt seine Blicke auf den Boden gerichtet.

»Es ist eine Belohnung und voller Straferlaß ausgesetzt«, sagte er verstockt.

»Schnell, beeilen Sie sich!« rief Welby. »Sie werden Ihre Belohnung bekommen und auch den Straferlaß. Sagen Sie uns zuerst, wer die Vier Gerechten sind! Wer sind die übrigen drei, wo sind sie zu finden?«

»Hier«, antwortete eine laute, vernehmliche Stimme hinter ihm.

Er wandte sich um, und ein Fremder, der beim Eintreten hinter sich die Tür schloß, stand den drei Männern gegenüber – ein Fremder im Abendanzug, das Gesicht von der Stirn bis zum Kinn hinter einer Maske versteckt.

In der Hand, die an seiner Seite herabhing, hielt er einen Revolver.

»Ich bin einer von ihnen«, wiederholte der Fremde ruhig; »es warten noch zwei andere draußen vor dem Haus.«

»Wie kommen Sie hier herein? Was wünschen Sie?« fragte der Redakteur und streckte die Hand nach einer offenen Lade in seinem Schreibtisch aus.

»Nehmen Sie Ihre Hand dort weg« – und der Lauf des Revolvers fuhr mit einem Ruck in die Höhe.

»Wie ich hereinkam, wird Ihnen Ihr Portier sagen, sobald er wieder zum Bewußtsein kommt. Warum ich hier bin? Weil ich mein Leben retten will, kein unvernünftiger Grund. Spricht Thery, so kann es mich mein Leben kosten; ich bin also gekommen, um zu verhindern, daß er spricht. Ich habe nichts gegen Sie beide, meine Herren, aber wenn Sie mich hindern, so muß ich Sie töten«, sagte er schlicht. Er hatte die ganze Zeit englisch gesprochen, und Thery war mit weit aufgerissenen Augen und bebenden Nasenlöchern gegen die Wand zurückgewichen, wo er keuchend stand.

»Sie«, sagte der vermummte Mann nun auf spanisch und wendete sich an den vor Schreck erstarrten Denunzianten, »wollten Ihre Kameraden verraten – Sie hätten eine große Sache verraten, und darum ist es nur gerecht, wenn Sie sterben.«

Er hob den Revolver bis in die Höhe von Therys Brust. Thery fiel auf die Knie nieder, und seine Lippen bewegten sich in einem lautlosen Gebet, da ihm die Stimme versagte.

»Bei Gott – nicht!« schrie der Redakteur und sprang auf den Mann los.

Wieder wurde der Revolver auf ihn gerichtet.

»Mein Herr«, sagte der Unbekannte – und seine Stimme sank zum Flüsterton herab –, »zwingen Sie mich um Gottes willen nicht, Sie zu töten.«

»Sie sollen nicht kalten Blutes einen Mord begehen«, schrie der Redakteur in heller Wut und Verzweiflung und versuchte sich zu nähern; doch Welby hielt ihn zurück.

»Was nützt das?« sagte er leise; »er macht Ernst – wir können nichts tun.«

»Sie können etwas tun«, sagte der Fremde und ließ den Revolver sinken.

Bevor der Redakteur antworten konnte, wurde an die Tür geklopft.

»Sagen Sie, daß Sie beschäftigt sind.« Und der Revolver zielte auf Thery, der wimmernd und zusammengekauert neben der Wand hockte.

»Gehen Sie, ich habe jetzt keine Zeit«, rief der Redakteur.

»Die Leute in der Druckerei warten«, sagte die Stimme des Boten vom Gang her.

»Nun, also«, fragte der Redakteur, als man die Schritte sich draußen entfernen hörte, »was können wir tun?«

»Sie können das Leben dieses Mannes retten.«

»Wie?«

»Geben Sie mir Ihr Ehrenwort, daß Sie uns beide fortgehen lassen und eine Viertelstunde lang nachher weder Lärm schlagen noch dieses Zimmer verlassen werden.«

Der Redakteur zögerte. »Wie soll ich wissen, ob der Mord, den Sie geplant haben, nicht ausgeführt werden wird, sobald Sie von hier fort sind?«

Der andere lachte unter seiner Maske.

»Wie soll ich wissen, ob Sie nicht Lärm schlagen werden, kaum, daß ich dieses Zimmer verlassen habe?«

»Ich würde Ihnen mein Ehrenwort geben«, erwiderte der Redakteur steif.

»Und ich gebe Ihnen das meine«, lautete die ruhige Antwort, »und ich habe mein Wort noch nie gebrochen.«

Im Kopf des Redakteurs jagten die Gedanken wild durcheinander. Hier hatte er die sensationellste Geschichte des Jahrhunderts in der Hand; noch eine Minute, und er hätte Thery das Geheimnis der Vier entlockt gehabt. Sogar jetzt noch könnte ein tollkühner Schlag alles retten – die Leute in der Druckerei warteten ... Doch die Hand, die den Revolver hielt, war die Hand eines entschlossenen Mannes.

»Ich erkläre mich einverstanden, doch unter Protest«, sagte er. »Ich warne Sie und erkläre, daß Ihre Festnahme und Bestrafung vollkommen unvermeidlich ist.«

»Ich bedauere«, sagte der Mann mit der Maske und verbeugte sich leicht, »daß ich mich Ihrer Meinung nicht anschließen kann – nichts ist unvermeidlich, mit Ausnahme des Todes. Kommen Sie«, sagte er auf spanisch zu dem zitternden Thery. »Ich gebe Ihnen mein Ehrenwort, daß Ihnen nichts geschehen wird.«

Der Mann mit der Maske öffnete die Tür einen Spalt breit und horchte; und in diesem Augenblick kam dem Redakteur der beste Einfall seines Lebens.

»Hören Sie«, sagte er schnell, während der Mensch dem Journalisten wich, »wollen Sie uns, wenn Sie nach Hause kommen, einen Artikel über sich schreiben? Sie brauchen uns keine Einzelheiten zu geben, die Ihnen unangenehm sind, verstehen Sie – irgend etwas über Ihre Bestrebungen, Ihre raison d'être.«

»Mein Herr«, sagte der vermummte Mann – und es klang wie Bewunderung in seiner Stimme –, »ich erkenne in Ihnen den Künstler. Sie sollen morgen Ihren Artikel haben.« Er öffnete die Tür, und die beiden Männer verschwanden im Dunkel des Korridors.

6

Am nächsten Tag wurde der Welt durch blutrote Plakate und durch heisere Zeitungsausrufer in überwältigenden Überschriften und spaltenlangen Texten mitgeteilt, wie nahe man daran gewesen war, die Vier Gerechten zu fangen. Die Leute in den Zügen beugten sich vor und erklärten einander, die Zeitungen auf den Knien, wie sie sich benommen hätten, wenn sie an Stelle des Redakteurs vom »Megaphone« gewesen wären. Man hörte auf, über Kriege, Hungersnot und Dürre zu sprechen, über Straßenunfälle, über das Parlament, über gewöhnliche, alltägliche Mordaffären und über den König von Rumänien, um seine Gedanken ausschließlich auf die brennende Frage des Tages zu konzentrieren: Werden die Vier Gerechten ihr Versprechen halten und morgen den Außenminister töten?

Es wurde über nichts anderes gesprochen.

Seit einem Monat war ein Mord angedroht, und wenn nicht etwas Unvorhergesehenes eintrat, so würde er morgen begangen werden.

Kein Wunder, wenn die Londoner Blätter den größten Teil ihres Raumes dazu verwandten, das Auftauchen Therys und sein unfreiwilliges Verschwinden zu besprechen.

»Es ist fast unverständlich«, sagte das »Telegramm«, »warum gewisse Journalisten, die für ein sensationshungriges billiges Blatt arbeiten, die Missetäter – wenn sie sie schon einmal in der Hand hatten – frei laufen ließen, um ihr verbrecherisches Vorhaben gegen einen großen Staatsmann auszuführen, dessen Verdienste unvergleichlich sind. Wir sagen ›wenn‹, denn unglücklicherweise darf man in diesen Tagen eines billigen Journalismus nicht jede Geschichte, die aus dem Sanctum sanctorum eines sensationslustigen Blättchens hervorgeht, so ohne weiteres glauben. Wenn also, wie die Sache dargestellt wird, diese tollkühnen und verzweifelten Verbrecher vergangene Nacht wirklich die Redaktion jener Zeitung besuchten ...«

Schon gegen Mittag wurden von Scotland Yard eiligst gedruckte Blätter nach allen Richtungen verbreitet:

1000 Pfund Belohnung!

Gesucht wird Miguel Thery, alias Saimont, alias Le Chico, zuletzt wohnhaft in Jerez, Spanien. Ein Spanier, der nicht Englisch spricht und unter dem Verdacht steht, einer Verbrecher-Vereinigung anzugehören, die unter dem Namen »Die Vier Gerechten« bekannt ist. Größe: 5 Fuß, 8 Zoll. Augen: braun; Haar: schwarz, kleiner schwarzer Schnurrbart, breites Gesicht. Besondere Kennzeichen: weiße Narbe auf der Wange, alter Messerstich am Körper, Gestalt untersetzt.

Die oben ausgesetzte Belohnung wird jedem ausgezahlt, der Informationen bringt, die zur Identifizierung des besagten Thery und zu seiner Verhaftung führen.

Daraus ist ersichtlich, daß auf Grund der von dem Redakteur um halb zwei Uhr morgens gelieferten Informationen die direkte Kabelverbindung mit Spanien ausgenützt worden war. Einflußreiche Persönlichkeiten waren in Madrid aus dem Bett geholt worden, und Therys Lebensgeschichte war zur Aufklärung eines energischen Polizeikommissars aus den verstaubten Akten rekonstruiert worden.

Sir Philip Ramon, der in seinem Arbeitszimmer am Portland Place saß, bereitete es einige Schwierigkeiten, um seine Gedanken auf den Brief zu konzentrieren, der vor ihm lag

Es war ein Brief, der an seinen Verwalter in Bransell gerichtet war, einem großen Grundbesitz, auf dem er in seinen außerdienstlichen Jahren als Junker gelebt hatte. Sir Philip besaß weder Frau noch Kind.

... Wenn es jenen Leuten zufälligerweise gelingen sollte, ihr Vorhaben auszuführen, so habe ich reichliche Vorsorge getroffen. Nicht nur für Sie, sondern für alle jene, die mir treue Dienste geleistet haben.

Woraus man den Sinn des Briefes entnehmen kann.

Während dieser letzten Wochen hatte sich Sir Philips Stellungnahme zu den möglichen Folgen seines Vorgehens sehr geändert.

Gereizt durch dieses ewige Ausspioniertwerden – zum Teil freundlicher, zum Teil bedrohlicher Art –, war ein so bitteres Gefühl des Grolls in ihm erwacht, daß jede Empfindung persönlicher Angst davon verschlungen wurde. Sein Denken war ganz von dem einen unwiderruflichen Entschluß erfüllt, die Maßnahme, die ihm oblag, durchzuführen, das Vorhaben der Vier Gerechten zu vereiteln und dadurch die Integrität eines Ministers zu beweisen. »Es wäre lächerlich«, schrieb er in einem Artikel, der den Titel ›Individualität in ihrer Beziehung zum öffentlichen Dienst‹ trug und der einige Monate später in der ›Quarterly Review‹ veröffentlicht wurde – »es wäre widernatürlich, annehmen zu wollen, daß die zufällige Kritik einer gänzlich unmaßgeblichen Gruppe ein Mitglied der Regierung in seiner Beurteilung gesetzlicher Maßnahmen, die für das Wohl vieler Millionen Menschen, die seiner Obhut anvertraut wurden, notwendig sind, beeinflussen oder bestimmen könnte. Er ist ein Instrument, das nach bestem Wissen und Können die Wünsche all derer in greifbare Form zu bringen versucht, die natürlicherweise von ihm erwarten, daß er nicht nur Mittel und Wege zur Verbesserung der bestehenden Verhältnisse oder zur Beseitigung hinderlicher Einschränkungen im internationalen Geschäftsverkehr findet, sondern auch, daß er sie vor Gefahren schützt, die über das Maß rein kommerzieller Verbindlichkeiten hinausreichen ... In einem solchen Fall hört ein Minister, der sich seiner Verantwortung bewußt ist, auf, als Mensch zu bestehen, und wird zum Automaten.«

Sir Philip Ramon besaß nur wenige Freunde. Es fehlten ihm die Eigenschaften, die einen Menschen populär machen. Er war ein ehrlicher Mann, ein gewissenhafter Mann, ein starker Mann. Sein Leben, das der rechten Liebe ermangelte, hatte aus ihm einen kaltblütigen, zynischen Menschen gemacht. Er selbst kannte keine Begeisterung und verstand es nicht, sie auf andere zu übertragen. Überzeugt davon, daß ein gewisses Vorgehen weniger schlecht war als ein anderes, wählte er es. Zufrieden damit, daß eine gewisse Maßnahme zu dem unmittelbaren oder endlichen Wohl seiner Mitmenschen beitrug, führte er diese Maßnahme bis zum bitteren Ende durch. Man kann von ihm sagen, daß er keinen Ehrgeiz besaß – nur Ziele. Er war der gefährliche Mann des Kabinetts, das er in seiner herrischen Art zu leiten verstand, denn er kannte nicht den Sinn des gesegneten Wortes »Kompromiß«.

Wenn er sich über irgendwelche Dinge unter der Sonne seine Ansicht gebildet hatte, so mußte diese auch die Ansicht seiner Kollegen werden.

Viermal im Laufe der jetzigen Regierungsperiode hatten »Gerüchte über die Demission eines Ministers« die Spalten der Zeitungen gefüllt, und jedesmal war der Minister, von dessen Demission schließlich berichtet wurde, der Mann, dessen Ansichten mit denjenigen des Außenministers nicht übereingestimmt hatten. Er mußte seinen Willen haben, in kleinen Dingen ebenso wie in großen.

Er weigerte sich unbedingt, seinen offiziellen Amtssitz zu beziehen, und Downing Street Nr. 44 war halb zum Amtsgebäude, halb zum Palast gemacht worden. Am Portland Place wohnte er, und von hier aus fuhr er jeden Morgen fort und kam an der Uhr des Kriegsministeriums täglich beim letzten Schlag der zehnten Stunde vorbei.

Ein Privattelefon verband sein Arbeitszimmer am Portland Place mit seiner amtlichen Residenz, doch ganz abgesehen davon, hatte Sir Philip sich von dem Haus in Downing Street gänzlich isoliert, das zu bewohnen stets der Ehrgeiz aller großen Männer seiner Partei gewesen war.

Doch nun, da der Tag näherrückte, an dem alle erdenklichen Vorsichtsmaßregeln der Polizei in Anspruch genommen werden mußten, bestand man darauf, daß er nach Downing Street übersiedle.

Hier, sagte man, wäre die Aufgabe, den Minister zu beschützen, vereinfacht. Downing Street Nr. 44 war ein Haus, das die Polizei kannte. Man konnte die Zufahrten besser bewachen, und überdies konnte die Fahrt – diese gefährliche Fahrt! – zwischen Portland Place und dem Außenministerium vermieden werden. Es bedurfte eines beträchtlichen Aufwandes an eindringlichsten Bitten und nachdrücklichsten Versicherungen, um Sir Philip zu diesem Schritt zu bewegen, und erst auf den Hinweis hin, daß die Überwachung, der er sich unterziehen mußte, ihm selbst dort nicht so sehr zum Bewußtsein kommen würde, willigte er ein.

»Sie sehen es nicht gerne, wenn meine Leute Ihnen das Rasiermesser bringen«, sagte Inspektor Falmouth ein wenig grob. »Sie verwahrten sich unlängst dagegen, daß einer meiner Leute sich in Ihrem Badezimmer aufhält, wenn Sie drinnen sind, und Sie beklagten sich darüber, daß ein Polizeibeamter in Zivil auf dem Kutschbock saß, als Sie ausfuhren. Nun, Sir Philip, ich verspreche Ihnen, in Downing Street sollen Sie meine Leute nicht einmal sehen.«

Das entschied die Streitfrage.

Und bevor er Portland Place verließ, um nach seinem neuen Wohnort überzusiedeln, saß er eben an seinem Schreibtisch und schrieb seinem Verwalter jenen Brief, während ein Detektiv vor der Tür wartete.

Das Telefon neben Sir Philip schnurrte – Sir Philip hatte eine Aversion gegen Glocken –, und die Stimme seines Privatsekretärs fragte ein wenig ängstlich, wie lange es noch dauern würde.

»In Nr. 44 warten sechzig Detektive«, sagte der Sekretär eifrig, »und heute und morgen sollen wir ...« Sir Philip hörte mit wachsender Ungeduld dem Bericht zu.

»Ich wundere mich, daß Sie nicht eine eiserne Kassette vorbereitet haben, um mich darin einzusperren«, sagte er ärgerlich und machte damit der Unterhaltung ein Ende.

Da wurde an die Tür geklopft, und Falmouth steckte den Kopf herein.

»Ich will Sie nicht unnötig drängen, Sir«, sagte er, »aber ...«

Und so übersiedelte der Außenminister nach Downing Street, in einer Stimmung, die heller Wut ziemlich nahe kam.

Denn er war es nicht gewohnt, sich drängen zu lassen oder behütet und herumgeschickt zu werden. Auch verdroß es ihn, die ihm nun schon bekannten Gestalten der Motorradfahrer zu beiden Seiten des Wagens zu sehen und alle paar Meter einen anderen Polizisten in Zivil zu erkennen, der vom Gehsteig aus dem Treiben zusah. Als er nach Downing Street kam und dort die Passage für sämtliche Wagen bis auf den seinen gesperrt war und er eine ungeheure Menge neugieriger Müßiggänger versammelt fand, die ihm bei seinem Einzug zujubelten, da fühlte er – was er in seinem ganzen Leben noch nie empfunden hatte –, da fühlte er sich beschämt.

In seinem Arbeitszimmer wurde er von seinem Privatsekretär erwartet, mit dem Entwurf für die Rede, die der zweiten Lesung des Auslieferungsgesetzes vorangehen sollte.

»Wir werden höchstwahrscheinlich auf ziemliche Opposition stoßen«, teilte ihm sein Sekretär mit, »aber Mainland hat drei Reihen Einpeitscher geschickt und hofft mit mindestens sechsunddreißig die Majorität zu bekommen.«

Ramon überflog die Notizen und fühlte sich ein wenig frischer. Sie gaben ihm das alte Gefühl der Sicherheit wieder. Schließlich war er ein bedeutender Staatsmann. Letzten Endes waren alle diese Drohungen lächerlich. Die Polizei hatte unrecht, so viel Aufhebens zu machen; und natürlich die Presse – ja, das war es: eine Zeitungssensation.

Er fühlte sich jetzt direkt in gehobener Stimmung, und es klang beinahe aufrichtig, als er sich mit einem halben Lächeln an seinen Sekretär wandte:

»Nun, und wie steht's mit meinen unbekannten Freunden – wie nennen sich die Schurken? –, den Vier Gerechten?«

Doch auch bei diesen Worten spielte er noch Komödie; er hatte ihren Namen nicht vergessen, er war ihm Tag und Nacht gegenwärtig.

Der Sekretär zögerte: Die Vier Gerechten waren zwischen ihm und seinem Vorgesetzten ein verbotenes Thema gewesen.

»Die – oh, nun, wir haben nichts weiter von ihnen gehört, als was Sie selbst gelesen haben«, sagte er ausweichend; »wir wissen jetzt, wer Thery ist, aber von den drei anderen wissen wir nichts.«

Der Minister kaute an seinen Lippen. »Sie geben mir bis morgen früh Zeit, zu widerrufen«, sagte er.

»Haben Sie wieder etwas von ihnen gehört?«

»Nur eine ganz kurze Mitteilung«, sagte Sir Philip leichthin.

»Und sonst?«

Sir Philip zog die Stirn in Falten. »Sie werden ihr Versprechen halten«, sagte er unwirsch, denn das »und sonst« seines Sekretärs hatte ihm ein Kältegefühl in der Herzgegend verursacht, das er sich nicht erklären konnte.

*

In dem obersten Zimmer der Werkstätte in der Carnaby Street saß Thery besiegt, mürrisch und ängstlich den dreien gegenüber.

»Ich möchte, daß Sie mich richtig verstehen«, sagte Manfred; »wir tragen Ihnen das, was Sie getan haben, nicht nach. Ich glaube, und Señor Poiccart glaubt es auch, daß Señor Gonsalez wohl daran getan hat, Ihr Leben zu retten und Sie zu uns zurückzubringen.«

Thery schlug die Augen vor dem ein wenig spöttischen Lächeln des Redenden nieder.

»Sie werden morgen abend tun, was Sie zu tun versprachen – wenn die Notwendigkeit dazu noch bestehen wird. Dann werden Sie . . .«, er hielt inne.

»Wohin werde ich gehen?« fragte Thery in plötzlich aufsteigender Wut. »Wohin, um Himmels willen, soll ich gehen? Ich habe den Leuten meinen Namen gesagt; sie werden bald wissen, wer ich bin – das können sie leicht herausbekommen, indem sie einfach an die Polizei schreiben. Wohin soll ich gehen?«

Er sprang auf und starrte die drei Männer an, während seine Hände vor Wut zitterten und sein ganzer großer Körper unter der Gewalt des Zornes, der ihn beherrschte, bebte.

»Sie haben sich selbst verraten«, sagte Manfred ruhig; »das ist nun Ihre Strafe. Aber wir werden schon einen Ort für Sie finden, ein neues Spanien unter einer anderen Sonne – und das Mädchen aus Jerez wird Sie dort erwarten.«

Thery sah die drei der Reihe nach mißtrauisch an. Machten sie sich über ihn lustig?

Es war kein Lächeln auf ihren Gesichtern zu bemerken; nur Gonsalez sah ihn mit neugierigen Blicken an, als hätte er einen verborgenen Sinn in der Rede gefunden.

»Schwören Sie mir das?« fragte Thery mit heiserer Stimme; »schwören Sie das, im Namen . . .«

»Ich verspreche es Ihnen. Wenn Sie wollen, beschwöre ich

es auch«, sagte Manfred. »Und nun«, fuhr er mit veränderter Stimme fort. »wissen Sie, was man morgen von Ihnen erwartet und was Sie zu tun haben?«

Thery nickte.

»Es darf kein Hindernis eintreten und keine Pfuscherei vorkommen. Sie, Poiccart, Gonsalez und ich, wir werden diesen ungerechten Menschen töten auf eine Art und Weise, die kein Mensch auf der ganzen Welt je erraten soll. Es wird eine Hinrichtung werden, von der die Menschheit erbleichen wird. Ein schneller Tod, ein sicherer Tod, ein Tod, der sich durch eine Ritze einschleichen kann und der an den Wächtern unbemerkt vorbeigleiten wird. Ja, so etwas ist noch nie vollbracht worden – so etwas . . .« Er hielt plötzlich inne, mit brennenden Wangen und funkelnden Augen und begegnete den Blicken seiner beiden Genossen: Poiccart – unbeweglich, sphinxähnlich, Leon – neugierig, beobachtend. Manfreds Gesicht rötete sich noch dunkler.

»Entschuldigt bitte«, sagte er beinahe unterwürfig; »ich hatte für den Augenblick die Ursache vergessen und das Ende, so sehr stand ich unter dem Eindruck dieses seltsamen Mittels.«

»Man kann es begreifen«, sagte Poiccart ernst, und Leon drückte Manfred herzlich die Hand.

Dann standen die drei einen Augenblick lang verlegen und schweigend da, bis Manfred auflachte.

»An die Arbeit!« rief er und ging voran in das improvisierte Laboratorium.

Drinnen legte Thery den Rock ab. Hier war sein Reich; und aus dem schüchternen, abhängigen Mann wurde ein Führer, der das Kommando übernahm, der den anderen Anweisungen gab und Befehle erteilte, bis die Leute, vor denen er einen Augenblick zuvor in stummer Angst gestanden hatte, für ihn vom Arbeitszimmer ins Laboratorium und von einem Stockwerk ins andere rannten.

Es gab viel zu tun, viel auszuprobieren, viel zu berechnen – denn alle Hilfsmittel moderner Wissenschaft mußten herhalten, um den vieren bei der Ermordung Sir Philip Ramons zu helfen.

»Ich will Ausschau halten über die Stadt«, sagte Manfred plötzlich, verschwand und kehrte dann mit einer kleinen Treppenleiter aus dem Arbeitszimmer zurück. Er trug sie in den dunklen Gang hinaus, stieg schnell hinauf und stieß ein Fensterchen auf, das auf das Dach des Hauses führte.

Er zog sich vorsichtig hinauf, kroch die bleifarbene Fläche entlang, richtete sich behutsam auf und schaute über das niedrige Geländer.

Im Umkreis einer halben Meile war er von unregelmäßigen Dächern umgeben. Dahinter lag, von Rauch und Nebel verschleiert, die Stadt London. Unter ihm war die lärmende Straße. Schnell sah er sich auf den Dächern mit ihren Rauchfängen, häßlichen Telegrafenstangen und schieferfarbenen Flächen mit den rostigen Gittern um. Dann schaute er lange und aufmerksam durch einen Feldstecher in südlicher Richtung. Langsam kroch er nach einiger Zeit zu der kleinen Falltür zurück, hob sie auf und ließ sich geschickt hinuntergleiten, bis seine Füße die oberste Stufe der Leiter berührten. Dann stieg er schnell hinunter und machte das Fensterchen hinter sich zu.

»Nun?« fragte Thery mit triumphierender Stimme.

»Ich sehe, daß Sie sie bezeichnet haben«, sagte Manfred.

»Ja, es ist besser so – da wir doch im Finstern arbeiten werden«, sagte Thery.

»Konntest du denn sehen . . .?« fing Poiccart an.

Manfred nickte.

»Sehr undeutlich allerdings nur – man konnte gerade noch schwach das Parlamentsgebäude erkennen, und Downing Street ist ein Wirrwarr von Dächern.«

Thery hatte sich wieder seiner Arbeit zugewandt, die

gerade seine ganze Aufmerksamkeit in Anspruch nahm. Was immer sein Beruf auch sein mochte, er war ein sehr geschickter Handwerker. Irgendwie hatte er das Gefühl, daß er diesen Männern seine besten Leistungen zeigen mußte. Er war in den letzten Tagen gezwungen gewesen, ihre Überlegenheit anzuerkennen, und nun verspürte er den Ehrgeiz, seine ganze Geschicklichkeit und seine ganze Persönlichkeit zu beweisen, um sich von diesen Leuten ein Lob zu verdienen.

Manfred stand mit den anderen schweigend daneben und sah zu. Leon konnte voll Erstaunen die Blicke nicht von dem Antlitz des Handwerkers wenden. Denn Leon Gonsalez, der wissenschaftliche Physiognomiker, dessen Übersetzung von Lequetius' ›Theologia Physiognomia Humana‹ heute als die beste gilt, bemühte sich, den Verbrecher mit dem Mechaniker und Künstler in Einklang zu bringen.

Nach einer Weile wischte Thery sich die Hände ab.

»Jetzt ist alles fertig«, sagte er mit zufriedenem Grinsen. »Lassen Sie mich jetzt Ihren Staatsminister sehen und eine Minute lang mit ihm sprechen – und im nächsten Augenblick ist er tot.«

Sein Gesicht, das im ruhigen Zustand abstoßend wirkte, hatte jetzt etwas Dämonisches an sich. Er glich einem Stier aus seiner Heimat; schrecklich anzusehen, weil er Blut gerochen hatte.

In seltsamem Widerspruch dazu standen die Gesichter der drei anderen Männer, in denen sich kein Muskel regte. Kein Zug des Frohlockens oder der Reue war darin zu sehen – nur das unbeschreibliche Etwas, das im Gesicht eines Richters zu lesen ist, der den gefürchteten Urteilsspruch verkündet hat. Thery sah dieses Etwas, und das Mark schien ihm in den Knochen gefrieren zu wollen.

Er streckte abwehrend die Arme aus, wie um sich vor etwas Unheimlichem zu schützen.

»Halt! Halt!« schrie er; »schauen Sie mich, um Gottes willen, nicht so an – nicht, nicht!« Er bedeckte das Gesicht mit seinen zitternden Händen.

»Wie sollen wir Sie nicht anschauen, Thery?« fragte Leon sanft.

Thery schüttelte den Kopf. »Ich kann es nicht erklären, so wie der Richter von Granada, wenn er – wenn er sagt: ›Das Urteil möge vollstreckt werden!‹«

»Wenn wir so aussehen«, sagte Manfred streng, »so nur deshalb, weil wir Richter sind, aber nicht nur Richter, sondern auch Vollstrecker unseres Urteilsspruches.«

»Ich dachte, Sie würden zufrieden sein«, winselte Thery.

»Das sind wir auch. Sie haben Ihre Sache sehr gut gemacht«, sagte Manfred ernst.

»Bueno, bueno!« stimmten die beiden anderen bei.

»Beten Sie zu Gott, daß es gelingt«, fügte Manfred feierlich hinzu, und Thery starrte diesen sonderbaren Menschen in heller Verwunderung an.

Am gleichen Nachmittag berichtete Inspektor Falmouth dem Polizeikomissar, daß nun alle Vorsichtsmaßregeln zum Schutz des bedrohten Ministers getroffen worden seien.

»Ich habe Downing Street Nr. 44 buchstäblich mit meinen Leuten vollgestopft«, sagte er. »Es ist beinahe in jedem Zimmer ein Mann. Vier meiner besten Leute bewachen das Dach, es sind Leute im Keller und Leute in der Küche.«

»Wie steht's mit der Dienerschaft?« fragte der Kommissar.

»Sir Philip hat seine eigenen Leute vom Land mitgebracht, und es befindet sich jetzt vom Privatsekretär angefangen bis zum Türsteher kein Mensch im Haus, dessen Namen und Lebensgeschichte ich nicht von A bis Z kenne.«

Der Kommissar seufzte schwer.

»Ich werde sehr froh sein, wenn der morgige Tag vorbei ist«, sagte er. »Was haben Sie zuletzt veranlaßt?«

»Es ist nichts geändert worden an den Dingen, die wir am Tage der Übersiedlung Sir Philips festgesetzt haben. Er bleibt den ganzen morgigen Tag bis halb neun Uhr in Nr. 44, geht um neun Uhr ins Parlament, um den Gesetzentwurf zu verlesen, und kommt um elf Uhr zurück.«

»Ich habe Maßregeln für die Verkehrsordnung getroffen, so daß die Wagen zwischen acht Uhr fünfundvierzig und neun Uhr über den Kai fahren werden, und ebenso um elf Uhr«, sagte der Kommissar. »Vier geschlossene Wagen werden von Downing Street ins Parlament fahren, und Sir Philip wird unmittelbar danach in einem Auto hinfahren.«

In diesem Augenblick wurde an die Tür geklopft, das Gespräch hatte im Privatbüro des Kommissars stattgefunden, und ein Polizist trat ein. In der Hand hatte er eine Karte, die er auf den Tisch legte.

»Señor José di Silva«, las der Kommissar. »Der spanische Polizeichef«, erklärte er dem Inspektor. »Führen Sie ihn bitte herein.«

Señor di Silva, ein geschmeidiger kleiner Mann mit hervorstechender Nase und einem schwarzen Bart, begrüßte die Engländer mit jener übertriebenen Höflichkeit, wie sie in den offiziellen Kreisen Spaniens gebräuchlich ist.

»Es tut mir leid, Sie hierherbemüht zu haben«, sagte der Kommissar, nachdem er dem Gast die Hand geschüttelt hatte und ihn mit Falmouth bekanntgemacht hatte; »wir dachten, Sie könnten uns vielleicht bei unserer Suche nach Thery behilflich sein.«

»Ich war glücklicherweise in Paris«, sagte der Spanier; »ja, ich kenne Thery, und ich bin erstaunt, ihn in so vornehmer Gesellschaft zu finden. Ob ich die vier kenne?« – seine Schultern schoben sich bis zu den Ohren hinauf –, »wer kennt sie? Ich habe von ihnen gehört, es gab einen Fall in

Madrid, Sie wissen ja ...? Thery ist kein guter Verbrecher. Ich war sehr erstaunt, zu hören, daß er Mitglied der Bande geworden ist.«

»Bei der Gelegenheit«, sagte der Kommissar, nahm eine Abschrift des Polizeiberichtes zur Hand, die auf seinem Schreibtisch lag, und überflog sie mit den Augen, »Ihre Leute haben vergessen, mitzuteilen, obwohl es ja eigentlich nicht sehr wichtig ist, was eigentlich Therys Beruf ist?«

Der spanische Polizeichef runzelte die Stirn.

»Was für einen Beruf Thery hat? Warten Sie, lassen Sie mich mal einen Augenblick nachdenken ... Ich glaube kaum, daß ich das weiß; aber ich entsinne mich schwach, daß er etwas mit Gummi zu tun hat. Sein erstes Delikt war ein Gummidiebstahl. Aber wenn Sie es genau wissen wollen ...«

Der Kommissar lachte.

»Nein, es ist wirklich gar nicht so wichtig«, sagte er leichthin.

7

Es mußte Philip Ramon, dem gezeichneten Minister, noch ein Sendschreiben überreicht werden. In dem vorhergehenden war der Satz vorgekommen: »Sie werden noch eine letzte Warnung erhalten, und damit wir ganz sicher sind, daß diese nicht verlorengeht, wird unsere nächste und letzte Botschaft Ihnen durch einen von uns persönlich überreicht werden.«

Diese Stelle beruhigte die Polizeibehörde mehr als irgend etwas vorher. Man hatte einen seltsamen Glauben an die Ehrenhaftigkeit der Vier Gerechten. Man mußte anerkennen, daß sie keine gewöhnlichen Verbrecher waren und daß sie ein gegebenes Versprechen auch unbedingt hielten. Ja, hätte man anders gedacht, so wären alle die ungeheuren Vorsichtsmaßregeln, mit denen man Sir Philip zu schützen suchte, nicht getroffen worden. Eben diese Ehrenhaftigkeit der Vier Gerechten war ihre schrecklichste Eigenschaft.

In diesem Falle jedoch diente sie dazu, eine schwache Hoffnung aufkommen zu lassen, daß die Männer, die der Macht des Gesetzes trotzten, sich selbst überliefern würden. Der Brief, der von diesem Mahnschreiben berichtete, war derjenige, auf den sich Sir Philip in seinem Gespräch mit dem Sekretär so leichthin bezogen hatte. Er war ihm mit der Post zugestellt worden und trug den Stempel »Balham, 12. 15«.

»Die Frage ist nur«, sagte Inspektor Falmouth, einigermaßen in Verlegenheit, »ob wir Sie gänzlich von der Welt abgeschlossen halten sollen, so daß diese Leute gar keine Möglichkeit haben, ihren Vorsatz auszuführen, oder ob wir in unserer Wachsamkeit scheinbar nachlassen sollen, um einen der Vier Gerechten heranzulocken und dann erst einzugreifen?«

Diese Frage wurde an Sir Philip Ramon gerichtet, der in der Tiefe eines Fauteuils versunken saß.

»Sie wollen mich als Köder gebrauchen?« fragte er scharf.

Der Detektiv verwahrte sich.

»Aber nein, Sir. Wir wollen diesen Leuten nur die Möglichkeit geben . . .«

»Ich verstehe vollkommen«, sagte der Minister.

Der Detektiv nahm wieder das Wort.

»Wir wissen jetzt, wie die Höllenmaschine ins Parlament geschafft worden ist. An dem Tage hatte man ein altes Parlamentsmitglied, Herrn Bascoe, das Haus betreten sehen.«

»Nun, und?« fragte Sir Philip erstaunt.

»Herr Bascoe hatte sich an jenem Tag dem Parlament auch nicht im Umkreis von einer Meile genähert«, sagte der Detektiv ruhig. »Wir wären vielleicht niemals darauf gekommen, denn sein Name stand nicht auf der Abstimmungsliste. Doch wir haben seither im stillen an dieser Parlamentsaffäre weitergearbeitet, und erst vor wenigen Tagen machten wir ganz zufällig diese wichtige Entdeckung.«

Sir Philip sprang vom Stuhl auf und ging nervös im Zimmer auf und ab.

»Dann sind die Leute mit den Lebensbedingungen in England sehr vertraut«, sagte er feststellend.

»Offenbar. Sie kennen sich hier gründlich aus, und das ist eine der größten Gefahren an der Sache.«

»Aber«, sagte Sir Philip stirnrunzelnd, »Sie haben mir doch versichert, daß keine Gefahr bestünde, wenigstens keine ernste Gefahr.«

»Es besteht diese eine Gefahr, Sir«, erwiderte der Detektiv leise, während er dem Minister ruhig in die Augen sah, »Menschen, die imstande sind, sich so gut zu verkleiden, daß man sie für echt hält, stehen wirklich über den durchschnittlichen Verbrechern. Einer von ihnen muß in dieser Hinsicht wirklich ein großer Meister sein, und er ist der Mann, vor dem ich mich heute am meisten fürchte.«

Sir Philip warf ungeduldig den Kopf zurück.

»Ich habe die Sache satt, gründlich satt« – er schlug mit der flachen Hand auf die Tischplatte –, »Detektive und Verkleidungen und vermummte Mörder, bis die ganze Geschichte für alle Welt das reinste Theater ist.«

»Sie müssen noch ein oder zwei Tage Geduld haben«, sagte der Beamte schlicht.

Die Vier Gerechten gingen auch noch anderen Leuten auf die Nerven, nicht nur dem Außenminister.

»Und wir haben auch noch nicht beschlossen, was an diesem Abend geschehen soll«, fügte der Detektiv hinzu.

»Tun Sie, was Sie wollen«, sagte Sir Philip kurz, und dann: »Darf ich heute abend ins Parlament gehen?«

»Nein. Das war nicht vereinbart«, sagte der Inspektor.

Sir Philip stand einen Augenblick lang in Gedanken versunken.

»Und alle diese Vereinbarungen? Die werden wohl streng geheimgehalten, hoffe ich?«

»Unbedingt.«

»Wer kennt sie?«

»Sie, der Kommissar, Ihr Sekretär und ich.«

»Sonst niemand?«

»Nein, niemand. Es ist nicht anzunehmen, daß aus dieser Quelle irgendeine Gefahr entspringt. Wenn Ihre Sicherheit von der Geheimhaltung Ihres Kommens und Gehens abhinge, so hätten wir glatte Fahrt.«

»Sind diese Vereinbarungen aufgeschrieben worden?« fragte Sir Philip.

»Nein. Es ist grundsätzlich nichts Schriftliches darüber aufgesetzt worden. Diese Pläne wurden mündlich besprochen und mündlich weitergegeben. Nicht einmal der Premierminister kennt sie.«

Sir Philip atmete erleichtert auf.

»Das ist jedenfalls gut«, sagte er, als der Detektiv sich erhob, um zu gehen.

»Ich muß jetzt zum Herrn Kommissar, aber ich werde kaum eine halbe Stunde ausbleiben. Ich schlage vor, daß Sie Ihr Zimmer inzwischen lieber nicht verlassen«, sagte er.

Sir Philip begleitete ihn bis in den Vorraum, wo sein Sekretär Hamilton wartend saß.

»Ich hatte in diesen letzten Tagen ein unangenehmes Gefühl«, sagte Falmouth, während einer seiner Leute mit einem langen Mantel sich ihm näherte und ihm beim Anziehen behilflich war; »eine Art instinktives Gefühl, als würde ich beobachtet und als folge man mir. Darum ziehe ich jetzt ein Automobil vor, um mich von einem Ort zum anderen befördern zu lassen. Dem können sie nicht so leicht folgen, ohne Aufsehen zu erregen.« Er fuhr mit der Hand in die Tasche und zog eine Autobrille hervor. Während er sie aufsetzte, lachte er ein wenig verlegen. »Das ist die einzige Verkleidung, die ich anlege, und ich darf wohl sagen, Sir Philip«, fügte er ein wenig bedauernd hinzu, »daß es in meiner fünfundzwanzigjährigen Dienstzeit das erste Mal ist, daß ich eine solche Komödie aufführe.«

Nachdem Falmouth fortgegangen war, kehrte der Außenminister an seinen Schreibtisch zurück. Er war nicht gerne allein; er hatte Angst. Das Gefühl der Einsamkeit wurde dadurch nicht verringert, daß sich fünfzig Detektive in Rufweite befanden. Die Angst vor den Vier Gerechten wich keinen Augenblick von ihm, und das hatte seine Nerven so angegriffen, daß ihn das leiseste Geräusch erschreckte. Er spielte mit dem Federhalter, den er vom Schreibtisch nahm. Gedankenlos kritzelte er auf dem Löschblatt herum, das vor ihm lag, und ärgerte sich, als er merkte, daß das Gekritzel die Form der Ziffer 4 angenommen hatte.

War dieses Gesetz schließlich all das wert? Wurde dieses Opfer von ihm verlangt? War die Maßnahme schließlich von so großer Bedeutung, daß sie das Risiko rechtfertigte? Immer und immer wieder stellte er sich dieselben Fragen, und im nächsten Augenblick wieder: Was für ein Opfer? Was für ein Risiko?

»Ich nehme die Folgen als selbstverständlich hin«, murmelte er, warf die Feder weg und wandte sich halb vom Schreibtisch ab. »Es besteht keinerlei Gewißheit, daß sie ihr Wort halten werden. Bah! Es wäre ja beinahe unmöglich, daß sie es täten ...«

Es wurde an die Tür geklopft.

»Hallo! Inspektor!« rief der Außenminister, als der Pochende eintrat. »Schon wieder zurück?!«

Der Detektiv wischte sich kräftig mit einem Taschentuch den Staub vom Schnurrbart und zog ein amtlich aussehendes blaues Kuvert aus der Tasche.

»Ich dachte, es wäre besser, diesen Brief Ihrer Obhut anzuvertrauen«, sagte er mit leiser Stimme. »Es fiel mir ein, knapp nachdem ich Sie verlassen hatte. Sie wissen, unglückliche Zufälle sind immer möglich.«

Der Minister nahm das Schriftstück.

»Was ist es denn?« fragte er.

»Es ist etwas, das meinen unbedingten Untergang bedeuten würde, wenn man es bei mir fände«, sagte der Detektiv und wandte sich zum Gehen.

»Was soll ich damit machen?«

»Ich wäre Ihnen sehr verbunden, wenn Sie es bis zu meiner Rückkehr in Ihrem Schreibtisch aufbewahren wollten.« Worauf der Detektiv ins Vorzimmer schritt, die Tür hinter sich schloß, den Gruß des in Zivil gekleideten Polizisten, der die äußere Tür bewachte, erwiderte, und das draußen wartende Auto bestieg.

Sir Philip besah ein wenig verwundert das blaue Kuvert. Es trug die Aufschrift »Vertraulich« und war an Scotland Yard, Abteilung A.C.J.D. adressiert.

»Irgendein vertraulicher Bericht«, dachte Sir Philip, und er hegte ärgerlich Zweifel, ob er nicht Einzelheiten polizeilicher Maßnahmen enthielt, die seine Sicherheit betrafen. Er hatte zufällig das Richtige getroffen! Das Kuvert enthielt tatsächlich solche Details.

Er legte den Umschlag in eine Schreibtischlade und nahm ein Blatt Papier vor.

Es war eine Abschrift des Gesetzentwurfes, für dessen Annahme er so viel wagte.

Es war kein langes Schriftstück. Es enthielt nur wenige Paragraphen, und der in der Einleitung beiläufig angegebene Inhalt war kurz und bündig klargelegt. Es bestand keine Gefahr, daß dieses Gesetz am folgenden Tag nicht angenommen werden würde. Die Regierungsmajorität war gesichert. Man hatte Leute in die Stadt zurückgerufen, hatte

Einpeitscher bestellt, und Bitten und Drohungen hatten gleicherweise helfen müssen. Und was all diese Bemühungen nicht erreichen konnten, wurde von der Neugierde bewerkstelligt; denn die Mitglieder aller Parteien strömten herbei, um anwesend zu sein bei einer Szene, die historisch und, wie manche fürchteten, tragisch werden konnte.

Sir Philip studierte den Akt. Mechanisch bereitete er im Geist seinen Kriegszug vor, denn – tragisch oder nicht – das Gesetz hatte zu großes Interesse erregt, um ohne stürmische Debatte im Parlament durchzugehen. Sir Philip war ein Meister der Dialektik, ein glänzender Casuist, ein Präger von Sätzen, die trafen und saßen. Er hatte wahrlich nichts zu fürchten bei einer Debatte. Wenn nur ... Es ärgerte ihn, an die Vier Gerechten denken zu müssen. Nicht nur, weil sie sein Leben bedrohten – darüber war er hinaus. Aber der bloße Gedanke, daß ein neuer Faktor in seine Berechnungen gekommen war, eine neue, schreckenerregende Kraft, die man mit Argumenten nicht unterkriegen, mit einem beißenden Scherz nicht aus der Welt schaffen, durch keinerlei parlamentarische Mittel richtigstellen und gegen die man nicht ankämpfen konnte. Er dachte nicht daran, einen Kompromiß zu schließen. Der Gedanke, sich mit seinen Feinden zu einigen, kam ihm nicht ein einziges Mal in den Sinn.

»Ich werde die Sache bis zu Ende führen!« rief er nicht etwa einmal, sondern zwanzigmal. »Ich werde sie zu Ende führen!« Und nun, da der Augenblick näher heranrückte, wurde sein Entschluß, mit dieser neuen Weltmacht fertig zu werden, stärker als je.

Das Telefon neben ihm surrte leise; er saß an seinem Schreibtisch, den Kopf in die Hände gestützt, und nahm den Hörer ab. Sein Kammerdiener erinnerte ihn daran, daß er Auftrag gegeben hatte, das Haus am Portland Place zu schließen.

Das Haus sollte zwei oder drei Tage lang leerstehen, solange dieser Terror eben noch herrschte. Er wollte das Leben seiner Diener nicht in Gefahr bringen. Wenn die Vier Gerechten die Absicht hatten, ihren Plan auszuführen, so würden sie Vorkehrungen treffen, bei denen alle Möglichkeiten berücksichtigt waren. Wenn sie daher die Methode eines Bombenattentats wählten, so würden sie, um sicherzugehen, vielleicht einen Überfall auf Portland Place mit einer Explosion in Downing Street zeitlich zusammenfallen lassen.

Er hatte sein Gespräch beendet und legte den Hörer wieder auf, als ein Klopfen an der Tür das Kommen des Detektivs anzeigte.

Er sah den Minister ängstlich an.

»Niemand hier gewesen, Sir?« fragte er.

Sir Philip lächelte.

»Wenn Sie damit meinen, ob die Vier Gerechten ihr Ultimatum persönlich abgeliefert haben, so kann ich Sie beruhigen – sie haben es bisher nicht getan.«

Das Gesicht des Detektivs drückte unverhohlene Erleichterung aus.

»Gott sei Dank!« sagte er inbrünstig. »Ich hatte eine schreckliche Angst, daß irgend etwas passieren würde, während ich fort war. Doch ich habe Ihnen Neuigkeiten zu überbringen, Sir.«

»Wirklich?«

»Ja. Der Kommissar hat ein Kabeltelegramm aus Amerika bekommen. Seitdem drüben jene beiden Morde begangen worden sind, war einer von Pinkertons Leuten beauftragt worden, Daten zu sammeln. Er hat seit Jahren das wenige Beweismaterial, dessen er habhaft werden konnte, zusammengestellt, und das ist also das Kabeltelegramm.« Der Detektiv zog ein Blatt Papier aus der Tasche, breitete es auf dem Tisch aus und las:

Pinkerton, Chicago, an den Polizeikommissar,
Scotland Yard, London.

Warnet Ramon, daß die Vier Gerechten ihr Versprechen stets einhalten. Wenn sie drohen, auf bestimmte Art zu bestimmter Zeit zu töten, so werden sie es pünktlich vollziehen. Haben Beweise dafür. Nach Andersons Tod wurde kleines Notizbuch vor Fenster des Zimmers gefunden, augenscheinlich verloren. Buch war leer bis auf drei Seiten, die mit sorgfältig geschriebenen Aufzeichnungen gefüllt waren, überschrieben: »Sechs Methoden der Hinrichtung.« Es trug das Initial »C« (dritter Buchstabe des Alphabets). Warnet Ramon vor folgendem: Kaffee in irgendeiner Form zu trinken, Briefe oder Pakete zu öffnen, Seife zu gebrauchen, die nicht unter Aufsicht vertrauenswürdiger Personen hergestellt wurde, in keinem Zimmer zu sitzen, das nicht Tag und Nacht von der Polizei bewacht ist. Untersucht sein Schlafzimmer. Achtet, ob nicht schweres Gas eingeleitet werden kann. Wir senden zwei Leute zur Bewachung mit der Lucania.

Der Detektiv hörte zu lesen auf. »Lucania« war nicht das letzte Wort im Original der Nachricht, wie er wohl wußte. Es folgte ein verhängnisvoller Nachsatz: »Fürchten, sie werden zu spät kommen.«

»Sie glauben also?« fragte der Staatsmann.

»Daß die Gefahr darin besteht, etwas von den Dingen zu tun, vor denen Pinkerton warnt«, erwiderte der Detektiv. »Wir haben keinen Grund, anzunehmen, daß die amerikanische Polizei müßiges Zeug redet. Sie basiert ihre Warnung auf irgendeiner sicheren Kenntnis, und darum erscheint mir das Kabeltelegramm von größter Wichtigkeit.«

Es wurde kräftig an die Tür geklopft, und der Privatsekretär betrat das Zimmer, ohne auf eine Antwort gewartet zu haben; er schwenkte aufgeregt eine Zeitung.

»Schaun Sie nur!« rief er. »Da, lesen Sie! Die Vier Gerechten geben zu, daß ihr Plan mißglückt ist.«

»Was?« schrie der Detektiv und griff nach der Zeitung.

»Was soll das bedeuten?« fragte Sir Philip scharf.

»Nun, diese Kerle scheinen tatsächlich einen Artikel über ihre ›Mission‹ geschrieben zu haben.«

»In welcher Zeitung?«

»Im ›Megaphone‹. Anscheinend hat der Redakteur den maskierten Mann bei der Wiedergefangennahme Therys um einen Artikel gebeten, und der hat ihm den Gefallen erwiesen. Und hier steht es, sie geben ihre Niederlage zu und ... und ...«

Der Detektiv hatte sich der Zeitung bemächtigt und unterbrach das unzusammenhängende Geschwätz des Sekretärs.

»Das Credo der Vier Gerechten«, las er. »Wo ist das Eingeständnis ihrer Niederlage?«

»Ungefähr in der Mitte der Spalte ... ich habe die Stelle angezeichnet ... hier«, und der junge Mann deutete mit zitternden Fingern auf einen Absatz.

Wir überlassen nichts dem Zufall, las der Detektiv, wenn der kleinste Irrtum eintritt, wenn das geringste Detail unseres Planes mißglückt, so geben wir unsere Niederlage zu. Wir sind so überzeugt davon, daß unsere Gegenwart auf Erden zur Erreichung eines großen Zweckes notwendig ist, wir sind so überzeugt davon, daß wir die unentbehrlichen Instrumente einer göttlichen Vorsehung sind, daß wir es um unserer großen Sache willen nicht wagen, unnötiges Risiko auf uns zu nehmen. Es ist daher wesentlich, daß die verschiedenen Vorbereitungen zu jeder Hinrichtung bis ins kleinste durchgeführt werden. Es wird zum Beispiel für uns notwendig sein, Sir Philip Ramon unsere letzte Warnung zu übermitteln. Und um dieser

Warnung größeres Gewicht beizulegen, ist es unserem Kodex nach wichtig, daß sie dem Minister von einem von uns persönlich überreicht wird. Es sind alle Vorbereitungen getroffen, um dieses Detail des Programms durchzuführen, es erscheint ferner für unser System erforderlich, daß, falls es nicht gelingen sollte, Sir Philip diese Warnung unserem Versprechen gemäß, und zwar heute vor acht Uhr abends, zu überreichen, unser ganzes Vorhaben hinfällig wird und die von uns geplante Hinrichtung aufgegeben werden muß.

Der Detektiv hörte zu lesen auf.

»Nach Ihrem Benehmen, mein Herr, dachte ich, daß Sie etwas Neues entdeckt hätten. Das hier habe ich schon längst gelesen: sobald das Manuskript eingelaufen war, ist eine Abschrift davon nach Scotland Yard geschickt worden.«

Der Sekretär schlug ungeduldig mit der Faust auf den Tisch.

»Aber sehen Sie denn nicht«, schrie er, »sehen Sie denn nicht, daß es nicht mehr notwendig ist, Sir Philip noch weiter zu bewachen! Daß es keinen Sinn mehr hat, ihn als Lockmittel zu benützen oder überhaupt noch etwas zu tun, wenn wir diesen Männern glauben. – Schauen Sie doch auf die Uhr . . .«

Die Hand des Detektivs fuhr in seine Tasche, er riß seine Uhr heraus, schaute auf das Zifferblatt und pfiff. »Halb neun Uhr, bei Gott!« murmelte er erstaunt, und die drei standen in stummer Verwunderung.

Sir Philip unterbrach das Schweigen.

»Soll das Ganze vielleicht nur dazu dienen, unsere Wachsamkeit abzulenken?« fragte er mit heiserer Stimme.

»Das glaube ich nicht«, erwiderte der Detektiv langsam. »Ich bin ganz fest überzeugt, daß es das nicht ist; auch werde ich meine Wachsamkeit gar nicht verringern – aber ich zumindest glaube an die Ehrenhaftigkeit dieser Männer –, und ich wüßte nicht, wozu ich dies sagen sollte, denn ich habe mich in den letzten fünfundzwanzig Jahren mit allerhand Verbrechern beschäftigt und habe noch niemals einem einzigen Wort des Besten von ihnen allen auch nur den mindesten Glauben geschenkt. Aber ich kann irgendwie diese Männer nicht für Lügner halten. Wenn es ihnen mißglückt ist, ihre Botschaft abzugeben, dann werden sie uns nicht weiter belästigen.«

Ramon ging nervös im Zimmer auf und ab.

»Ich wollte, ich könnte das auch glauben«, murmelte er. »Ich wollte, ich hätte Ihre Zuversicht.«

Es wurde an die Tür geklopft.

»Ein dringendes Telegramm für Sir Philip.«

Der Minister streckte die Hand aus, doch der Detektiv war flinker als er.

»Erinnern Sie sich an Pinkertons Telegramm, Sir«, sagte er und riß den Umschlag auf.

Erhalte eben ein Telegramm, aufgegeben in Charing-Cross, 7.52, lautend: ›Wir haben unsere letzte Benachrichtigung dem Minister des Äußeren übergeben, gezeichnet: die Vier Gerechten.‹ Ist das wahr? Herausgeber »Megaphone«.

»Was soll das bedeuten?« fragte Falmouth in heller Verwirrung, als er geendet hatte.

»Es bedeutet, mein lieber Herr Falmouth«, erwiderte Sir Philip mürrisch, »daß Ihre edlen Vier Gerechten Lügner und Aufschneider sind, ebenso wie sie Mörder sind, und es bedeutet hoffentlich auch das Ende Ihres lächerlichen Vertrauens zu deren Ehrenhaftigkeit.«

Der Detektiv erwiderte nichts, doch sein Gesicht war finster, und er biß sich voll Bestürzung auf die Lippen.

»Es ist niemand dagewesen, nachdem ich fortgegangen war?« fragte er.

»Nein, niemand.«

»Sie haben mit niemandem außer mit Ihrem Sekretär und mit mir gesprochen?«

»Kein Mensch ist mir bis auf eine Entfernung von zwanzig Metern in die Nähe gekommen«, antwortete Ramon barsch.

Falmouth schüttelte verzweifelt den Kopf.

»Nun – ich – wie weit sind wir?« sagte er mehr zu sich selbst und schritt auf die Tür zu.

Da erinnerte sich Sir Philip plötzlich des Briefes, der seiner Obhut übergeben worden war.

»Es wäre besser, wenn Sie Ihr wertvolles Schriftstück wieder mitnehmen«, sagte er, zog die Schreibtischlade auf und warf das Briefkuvert auf den Tisch. Der Detektiv sah verständnislos drein.

»Was ist das?« fragte er und nahm das Kuvert in die Hand.

»Ich fürchte, daß der Schmerz über die Enttäuschung, die Sie bezüglich meiner Verfolger erlitten haben, Ihrem Gedächtnis ein wenig geschadet hat«, sagte Sir Philip und fügte boshaft hinzu: »Ich muß den Kommissar bitten, mir einen Beamten zu schicken, der ein besseres Verständnis für die Seele eines Verbrechers hat als Sie und einen weniger kindlichen Glauben an die Ehre eines Mörders.«

»Was das anbelangt, Sir«, sagte Falmouth, gleichgültig gegen die Spitze, »so müssen Sie ganz das tun, was Sie für das Zweckmäßigste halten. Ich habe meine Pflicht so gut ich konnte erfüllt, ich habe mir nichts vorzuwerfen, und ich bin selbst der kritischste Beurteiler meiner Handlungen. Aber was ich viel lieber von Ihnen erfahren möchte, wäre, was Sie damit meinen, daß ich Ihnen irgendein Schriftstück übergeben hätte.«

Der Außenminister starrte den gelassenen Polizeibeamten über den Tisch hin an.

»Ich spreche von dem Kuvert, mein Herr, das Sie mir übergeben haben und um dessentwillen Sie eigens zurückgekommen sind«, sagte er barsch.

Der Detektiv stammelte mit erstickter Stimme:

»Ich – bin – nicht zurückgekommen. Ich habe Ihnen keinen Brief übergeben.« Er nahm den Umschlag vom Tisch, riß ihn auf und zog wieder einen Briefumschlag daraus hervor. Als er das grünlich-graue Kuvert gewahrte, stieß er einen kurzen Schrei aus.

»Das ist die Botschaft der Vier Gerechten«, sagte Falmouth.

Der Außenminister wankte mit bleichen Lippen einen Schritt zurück.

»Und der Mann, der sie abgegeben hat?« keuchte er.

»War einer der Vier Gerechten«, sagte der Detektiv bitter. »Sie haben ihr Versprechen gehalten.«

Er schritt schnell auf die Tür zu, ging in das Vorzimmer hinaus und winkte den Kriminalbeamten in Zivil herbei, der als Wache an der äußeren Tür gestanden hatte.

»Haben Sie mich fortgehen sehen?« fragte er.

»Ja, Herr – beide Male.«

»Beide Male, wie?« rief Falmouth höhnisch. »Und wie habe ich das zweite Mal ausgesehen?«

Der Untergebene war ein wenig verwirrt durch diese Art der Fragestellung.

»Wie gewöhnlich«, stotterte er.

»Wie war ich angezogen?«

Der Mann überlegte.

»Sie hatten Ihren langen Staubmantel an, Herr Inspektor.«

»Und wahrscheinlich trug ich auch meine Autobrille«, brummte Falmouth wütend und rannte die breite Freitreppe hinunter, die ins Vestibül führte. Dort standen vier Leute, die ihn grüßten, als er näher kam.

»Haben Sie mich fortgehen gesehen?« fragte er.

»Ja, Herr Inspektor – beide Male«, erwiderten die Polizisten.

»Verdammt mit eurem ›beide Male‹!« schnaubte Falmouth. »Wie lange war ich das erste Mal fort, bevor ich zurückkam?«

»Fünf Minuten, Herr Inspektor«, lautete die Antwort des verwunderten Mannes.

»Sie hatten gerade Zeit genug, es zu tun«, brummte Falmouth; dann laut: »Kam ich mit meinem Wagen zurück?«

»Ja, Herr Inspektor.«

»Ah!« Neue Hoffnung erwachte in der Brust des Detektivs. »Haben Sie die Nummer gesehen?« fragte er ängstlich.

»Ja!« Der Detektiv hätte den Polizisten umarmen mögen.

»Gut – wie war die Nummer?«

»A 17164.«

Der Detektiv notierte schnell.

»Jackson«, rief er, und einer der Leute in Uniform trat vor und salutierte.

»Gehen Sie und schauen Sie im Register nach, wer der Besitzer dieses Wagens ist. Gehen Sie dann zu ihm hin und verlangen Sie Aufklärung über sein Vorgehen. Wenn es notwendig ist, verhaften Sie ihn.«

Falmouth ging in Sir Philips Arbeitszimmer zurück. Der Staatsmann ging immer noch aufgeregt hin und her, der Sekretär hämmerte nervös mit den Fingern auf den Tisch, und der Brief lag immer noch ungeöffnet da.

»Es ist so, wie ich mir gedacht habe«, erklärte Falmouth, »der Mann, den Sie sahen, war einer von den Vier Gerechten, als Inspektor Falmouth verkleidet. Er hat seine Zeit bewunderungswürdig gut gewählt. Auch hat er meine eigenen Leute zu täuschen verstanden. Sie haben es auch zuwege gebracht, einen Wagen zu beschaffen, der dem meinen vollkommen gleicht. Sie nutzten die Gelegenheit und fuhren die Downing Street herauf, unmittelbar nachdem ich sie verlassen hatte. Es besteht noch eine letzte Möglichkeit, den Mann zu fangen ... Der diensthabende Polizist hat sich die Nummer des Wagens gemerkt, und es ist möglich, daß uns das auf die Spur bringt – hallo!«

Ein Diener stand vor der Tür.

Ob der Herr Inspektor für den Detektiv Jackson zu sprechen sei.

Falmouth ging hinaus, der Mann erwartete ihn draußen.

»Verzeihung, Herr Inspektor«, sagte der Mann salutierend, »aber ist das nicht ein Irrtum mit der Nummer?«

»Warum?« fragte der Detektiv scharf.

»Weil A 17164 die Nummer Ihres eigenen Wagens ist«, erwiderte der Mann.

Die letzte Warnung war kurz und sachlich:

Wir geben Ihnen bis morgen abend Zeit, Ihre Stellungnahme zum Fremden-Auslieferungs-Gesetz nochmals zu überprüfen. Wenn bis sechs Uhr keine Ankündigung in der Nachmittagszeitung erscheint, daß Sie den Gesetzentwurf zurückgezogen haben, so bleibt uns kein anderer Weg offen, als unser Versprechen zu halten. Sie werden um acht Uhr abends sterben. Wir legen zu Ihrer Information eine genaue Tabelle bei über die geheimen polizeilichen Anordnungen, die zum Schutze Ihrer persönlichen Sicherheit für morgen getroffen worden sind.
Leben Sie wohl.

Die Vier Gerechten

Sir Philip las dies, ohne zu zucken, durch. Er las auch noch das Blatt Papier, auf dem von derselben unbekannten Hand die Einzelheiten niedergeschrieben waren, die die Polizei schriftlich festzulegen nicht gewagt hatte.

»Es ist irgendwo ein Leck«, sagte er, und die beiden Männer, die schweigend danebenstanden und ihn ängstlich beobachteten, sahen, daß das Gesicht ihres Schutzbefohlenen grau war und erschöpft.

»Diese Einzelheiten waren nur vier Männern bekannt«, sagte der Detektiv ruhig, »und ich setze mein Leben zum Pfand, daß es weder der Kommissar war noch ich.«

»Noch ich!« rief der Privatsekretär mit Nachdruck.

Sir Philip zuckte mit müdem Lächeln die Schultern. »Was tut das zur Sache? – Sie wissen es«, sagte er, »und das genügt. Auf welche unheimliche Art sie das Geheimnis erfahren haben, weiß ich nicht, und es ist mir auch gleichgültig. Die Frage ist nur, ob ich morgen abend entsprechend geschützt werden kann«

Falmouth biß die Zähne zusammen.

»Entweder werden Sie lebend aus dieser Affäre davonkommen oder, bei Gott, sie werden zwei Männer töten«, sagte er, und in seinen Augen war ein Glanz, der seinen Entschluß bezeugte.

Um zehn Uhr abends war die Nachricht, daß der große Staatsmann einen letzten Brief erhalten hatte, überall bekannt. Die Sache ging durch alle Klubs und Theater, und in den Pausen standen die Männer mit ernsten Gesichtern in allen Foyers umher und besprachen die Gefahr, in der Ramon schwebte. Im Parlament hatte die Aufregung ihren Siedepunkt erreicht. In der Erwartung, daß der Minister erscheinen würde, war das Haus sehr voll, doch die Mitglieder wurden enttäuscht, da bald bekannt wurde, daß Sir Philip nicht die Absicht habe, sich an diesem Abend zu zeigen.

»Darf ich den hochverehrten Herrn Ministerpräsidenten fragen, ob die Regierung beabsichtigt, den Gesetzentwurf über die Auslieferung politisch verdächtiger Ausländer weiter zu betreiben, oder ob man es in Anbetracht der ungewöhnlichen Ereignisse, die er hervorgerufen hat, nicht für ratsam hält, die Einführung dieser Maßnahme aufzuschieben?« fragte der radikale Vertreter von West-Deptford.

Die Frage wurde mit einem Chor von »Hört, hört!« aufgenommen, und der Premierminister erhob sich langsam und schaute belustigt in die Richtung des Fragestellers.

»Ich kann mir nichts vorstellen, was meinen hochverehrten Freund, der heute abend leider nicht auf seinem Platze ist, morgen von der zweiten Lesung dieses Gesetzentwurfes abhalten könnte«, sagte er und setzte sich.

»Warum, zum Teufel, grinste er so?« brummte West-Deptford seinem Nachbarn zu.

»Ihm ist verdammt unbehaglich zumute, dem Herrn I.K.«, sagte der andere überlegen. »Verdammt unbehaglich. Jemand aus dem Kabinett hat mir heute gesagt, daß sich der alte I. K. verdammt unbehaglich fühlt. ›Merken Sie sich meine Worte‹, hatte er gesagt, ›diese Affäre von den Vier Gerechten gibt dem Premierminister ein verdammt unbehagliches Gefühl‹«, worauf das hochverehrte Parlamentsmitglied es West-Deptford überließ, die Tiefgründigkeit seines Nachbarn zu verdauen.

»Ich habe mein Möglichstes getan, Ramon dazu zu bringen, das Gesetz fallenzulassen«, sagte der Premierminister, »aber er ist unerschütterlich, und das Traurige an der Sache ist, daß er innerlich wirklich überzeugt davon ist, daß diese Kerle ihr Wort halten werden.«

»Das ist ja unerhört«, rief der Kolonialminister hitzig. »Es ist doch undenkbar, daß ein solcher Zustand andauern kann. Das greift ja bis an die Wurzeln jeder Ordnung und Regierung und bringt alle Errungenschaften der Zivilisation aus dem Gleichgewicht.«

»Es ist ein idealistischer Gedanke«, sagte der phlegmatische Premierminister, »und der Standpunkt dieser Vier Gerechten ist ganz logisch. Denken Sie, was für eine ungeheure

Macht, zum Guten wie zum Bösen, oft einem einzigen Mann zukommt. Ein Kapitalist, der den Weltmarkt beherrscht; ein Spekulant, der Weizen oder Baumwolle aufkauft, während die Fabriken stillstehen und Menschen verhungern; Tyrannen und Despoten, die das Schicksal von Nationen zwischen Zeigefinger und Daumen halten. – Und dann denken Sie an die vier unbekannten Männer. Unfaßbare, schattenhafte Gestalten, die mit ihrer tragischen Mission durch alle Länder schreiten und den Kapitalisten, den Spekulanten, den Tyrannen verurteilen und hinrichten – all die üblen Kräfte, die außerhalb des Bereiches unserer Gesetze stehen. Wir pflegen von diesen Leuten zu sagen, Gott wird sie richten. Diese Männer haben sich das göttliche Recht einer höheren Gerechtigkeit zugesprochen. Wenn wir ihrer habhaft werden, werden sie ihr Leben höchst unromantisch und auf eine sehr gewöhnliche und nüchterne Art im Gefängnis zu Pentonville beenden, und die Welt wird nie wissen, was für große Idealisten in ihnen zugrunde gingen.«

»Aber Ramon?«

Der Premierminister lächelte.

»In diesem Falle glaube ich, haben die Leute sich selbst überboten. Hätten sie sich damit zufriedengegeben, zuerst zuzuschlagen und ihre Mission nachher zu erklären, so zweifle ich nicht daran, daß Ramon hätte sterben müssen. Doch nun haben sie gewarnt und immer und immer wieder ihre Macht zu zeigen gewußt. Ich kenne die Anordnungen nicht, die die Polizei getroffen hat. Aber ich nehme an, daß es morgen abend ebenso schwer sein dürfte, auf zwölf Meilen im Umkreis an Ramon heranzukommen, wie es einem sibirischen Gefangenen schwerfallen würde, beim Zaren zu speisen.«

»Ist es ganz unmöglich, daß Ramon den Gesetzentwurf zurückzieht?« fragten die Kolonien.

Der Premierminister schüttelte den Kopf.

»Ganz ausgeschlossen«, sagte er.

Das Haus leerte sich schnell, sobald es allgemein bekannt wurde, daß Ramon nicht zu erscheinen beabsichtigte, und die Mitglieder versammelten sich im Rauchzimmer und im Foyer, um die Sache zu besprechen, die sie am meisten beschäftigte.

In der Umgebung des Ministeriums hatte sich eine große Menschenmenge angesammelt, wie dies in einer großen Stadt meist geschieht, nur auf die vage Chance hin, zufällig den richtigen Augenblick zu erwischen, den Mann zu sehen, dessen Name in aller Leute Mund war. Straßenverkäufer boten sein Bild feil, zerlumpte Kerle machten schreiend Geschäfte mit dem Leben und den Abenteuern der Vier Gerechten, und umherziehende Straßensänger legten extemporierte Strophen in ihr gewöhnliches Repertoire ein, in denen sie den Mut des herrlichen Staatsmannes besangen, der es wagte, den Drohungen einer feindlichen Menge und den todbringenden Anarchisten Trotz zu bieten.

In jenen Gedichtchen wurde Sir Philip auch gepriesen, weil er die Ausländer zu hindern suchte, das Brot vom Tische des ehrlich arbeitenden Mannes zu nehmen.

Der Humor, der darin steckte, verfehlte seine Wirkung nicht auf Manfred, der mit Poiccart an das Westminsterende des Kais gefahren war. Nachdem sie den Wagen fortgeschickt hatten, gingen sie zusammen nach Whitehall.

»Ich halte den Vers von dem fremden, todbringenden Anarchisten, der der heimisch erzeugten Spezies das Brot vom Tische nimmt, für ausgesprochen gut«, kicherte Manfred.

Die beiden waren im Abendanzug, und Poiccart trug das Zeichen des Chevalier de la légion d'honneur im Knopfloch.

Manfred fuhr fort: »Ich glaube, London hat keine solche Sensation gehabt . . . nun seit wann?«

Poiccart lächelte bitter, und der andere fragte ebenfalls: »Sensation gehabt seit ... nun seit wann?«

»Ich habe dem Maître d'hôtel dieselbe Frage gestellt«, sagte er langsam, wie einer, der nur ungern auf einen Scherz eingeht, »er hat die Aufregung mit nichts Besserem zu vergleichen gewußt als mit den Mordtaten in East-End.«

Manfred verstummte und sah seinen Gefährten erschrokken an.

»Du lieber Himmel!« rief er niedergeschlagen. »Das wäre mir nie eingefallen, daß man uns damit vergleichen könnte!«

Sie schritten schweigend weiter.

»Das ist auch ein Teil jenes Motivs der Lächerlichkeit«, sagte Poiccart gefaßt.

Ein Mann mit niedergebeugtem Kopf, die Hände tief in den Taschen seines fleckigen Rockes, schlürfte vorbei und warf ihnen von der Seite einen flüchtigen Blick zu. Als sie an ihm vorbeigekommen waren, blieb er stehen und schaute ihnen nach. Dann drehte er sich um, beschleunigte seine Schritte und folgte ihrer Spur. Manfred und Poiccart mußten an der Ecke von der Cockspur Street stehenbleiben und in einem dichten Menschenandrang und vor einem nicht enden wollenden Wagenverkehr warten, bis sie die Straße überqueren konnten. Sie wurden natürlich bei dieser Gelegenheit von den Umstehenden ein wenig gedrängt und gestoßen, aber dann kreuzten sie die Straße und schritten auf St. Martins Lane zu.

Der Vergleich, den Poiccart erwähnt hatte, beschäftigte Manfred immer noch:

»Heute abend werden sicherlich Leute im Theater sein, die Brutus zujubeln bei den Worten:

›Und wenn es so dem Aug' des Volks erscheint,
Wird man uns Reiniger, nicht Mörder nennen!‹

Auch wird man keinen ernsten Geschichtsforscher finden, übrigens auch keinen gewöhnlichen Menschen von durchschnittlicher Intelligenz, der nicht ohne zu zögern mit ›Ja‹ antworten wird auf die Frage, ob es nicht ein Segen Gottes für die Welt gewesen wäre, wenn man Bonaparte bei seiner Rückkehr aus Ägypten ermordet hätte. Aber wir – wir sind Mörder!«

»Man hätte dem Mörder Napoleons auch keine Statue errichtet«, erwiderte Poiccart leichthin. »Ebensowenig wie sie Felton Ehre bezeigt hatten, der einen verworfenen und ruchlosen Minister Karls I. erschlagen hat. Die Nachwelt wird uns vielleicht Gerechtigkeit widerfahren lassen«, sagte er ein wenig spöttisch. »Ich für meinen Teil gebe mich damit zufrieden, daß mein Gewissen mir recht gibt.«

Er warf die Zigarre, die er rauchte, fort und griff mit der Hand in die Innentasche seines Rockes, um eine andere herauszunehmen. Dann zog er seine Hand wieder ohne Zigarre heraus und pfiff einem vorüberfahrenden Wagen.

Manfred sah ihn erstaunt an: »Was ist denn los? Du hast doch gesagt, daß du zu Fuß gehen willst?«

Nichtsdestoweniger bestieg er den Wagen, und Poiccart folgte ihm, nachdem er durch das Fensterchen die Richtung »Baker Street, Station« angegeben hatte.

Erst als der Wagen durch die Shaftesbury Avenue fuhr, erklärte sich Poiccart näher.

»Ich bin bestohlen worden«, sagte er leise, »meine Uhr ist fort, aber das würde nichts machen: das Notizbuch, in dem ich die Aufzeichnung zu Therys Information hatte, ist auch fort – und das macht natürlich sehr viel.«

»Vielleicht war es nur ein gewöhnlicher Taschendieb«, sagte Manfred; »er hat doch auch die Uhr genommen.«

Poiccart durchsuchte nochmals schnell seine Taschen. »Sonst fehlt nichts«, sagte er. »Es ist möglich, daß es nur ein Taschendieb war, wie du sagst, der mit der Uhr zufrieden ist und das Notizbuch in den nächsten Kanal wirft. Aber es kann auch ein Polizeispitzel gewesen sein.«

»Hat etwas drin gestanden, wonach man dich identifizieren kann?« fragte Manfred besorgt.

»Nein, nichts«, antwortete der andere schnell, »aber wenn die Polizei nicht blind ist, so wird sie die Berechnungen und Aufzeichnungen verstehen. Es ist möglich, daß das Notizbuch gar nicht in ihre Hände fällt, aber wenn ja, und wenn der Dieb uns wiedererkennt, so sind wir gefangen.«

Der Wagen fuhr bei der unteren Station von Baker Street vor, und die beiden Passagiere stiegen schnell aus.

»Ich gehe jetzt nach Osten«, sagte Poiccart, »wir werden einander morgen früh wiedersehen. Bis dahin werde ich herausgebracht haben, ob das Notizbuch nach Scotland Yard gekommen ist oder nicht. Gute Nacht.«

Und damit trennten sich die beiden Männer.

Hätte Billy Marks nicht ein Gläschen Schnaps getrunken, so wäre er mit der Ausbeute dieses Abends vollkommen zufrieden gewesen. Doch die betörende Zuversicht des Getränks, die so viele Leute vom rechten Weg abbringt, erfüllte ihn, und Billy meinte, es wäre Sünde, die gute Gelegenheit nicht wahrzunehmen, die ihm die Götter geschenkt hatten. Die Aufregung, die durch die Drohungen der Vier Gerechten hervorgerufen worden war, hatte das ganze vorstädtische London nach Westminster gebracht, und auf der Surreyseite der Brücke fand Billy Hunderte von geduldigen Vorstädtern, die auf Fahrgelegenheiten nach Streatham, Camberwell, Clapham und Greenwich warteten.

Da es also noch früh am Abend war, entschloß sich Billy, ein wenig die Straßenbahn zu bearbeiten. Er stieß auf eine Geldbörse bei einer dicken alten Dame in Schwarz, auf eine Uhr bei einem Herrn mit Zylinderhut, auf ein kleines Handspiegelchen in einer eleganten Damentasche und entschied sich nun, sein heutiges Tagewerk mit der Untersuchung der Tasche einer anderen jungen Dame zu beschließen.

Er hatte auch Erfolg. Eine Geldbörse und ein Spitzentaschentuch entschädigten ihn für seine Mühe, und er traf Vorbereitungen, sich bescheiden zu entfernen. Da geschah es, daß eine sanfte Stimme ihm ins Ohr flüsterte: »Hallo, Billy!«

Er kannte diese Stimme, und es wurde ihm augenblicklich ein wenig übel zumute.

»Hallo, Herr Howard«, rief er mit geheuchelter Freude, »wie geht's Ihnen? Nein, daß ich Sie hier treffe!«

»Wohin gehen Sie, Billy?« fragte der so herzlich begrüßte Herr Howard und faßte Billy freundschaftlich unterm Arm.

»Nach Hause«, sagte der tugendhafte Billy.

»Ja, nach Hause geht's«, sagte Herr Howard und führte den widerstrebenden Billy aus dem Gedränge. Dann rief er einen anderen jungen Mann herbei, den er zu kennen schien: »Steigen Sie in jenen Wagen ein, Porter, und fragen Sie, ob jemand etwas verloren hat. Wenn sich jemand meldet, bringen Sie ihn mit«, und der andere junge Mann gehorchte.

»Und nun«, sagte Herr Howard, immer noch liebevoll Billys Arm festhaltend, »erzählen Sie mir, wie es Ihnen ergangen ist.«

»Bester Herr Howard«, sagte Billy ernsthaft, »wo soll das hinaus? Wo führen Sie mich hin?«

»Wo das hinführt? Immer ans alte Ziel«, sagte Herr Howard traurig – »immer dasselbe, Billy, und ich führe Sie an denselben alten wohlbekannten Ort.«

»Diesmal irren Sie sich, Herr«, rief Billy eifrig, und man hörte ein leises Klirren.

»Erlauben Sie, Billy«, sagte Herr Howard und bückte sich schnell, um die Börse aufzuheben, die Billy hatte fallen lassen.

Auf der Polizeiwachstube zeigte sich der diensthabende Beamte hinter dem Schreibtisch sehr erfreut über Billys Ankunft, und der Polizist, der Billy hinter ein Gitter sperrte und mit geübten Händen seine Taschen durchsuchte, begrüßte ihn als alten Bekannten.

»Goldene Uhr, halbe goldene Kette, drei Geldbörsen, zwei Taschentücher und ein rotes Ledernotizbuch«, berichtete der Polizist.

Der Beamte nickte zustimmend.

»Ganz gute Ausbeute für einen Tag, William«, sagte er.

»Wieviel bekomm' ich diesmal?« fragte der Gefangene, und Herr Howard, ein Geheimpolizist, augenblicklich damit beschäftigt, Details über die Festnahme zu Protokoll zu geben, meinte, neun Monate. »Aber nein!« rief Billy Marks verblüfft aus.

»Tatsache ist«, sagte der Beamte, »Sie sind ein Spitzbube und ein Vagabund und ein Taschendieb, und diesmal heißt es sitzen. – Nummer acht.«

Diese letzten Worte waren an den Polizisten gerichtet, der Billy in die Zelle fortführte, wobei dieser nicht wenig gegen eine Polizeimacht protestierte, die nichts anderes kann als arme Teufel erwischen, während sie blutige Mörder, wie die Vier Gerechten, frei herumlaufen lasse.

»Ich möchte nur wissen, wozu wir Steuern zahlen?« fragte Billy entrüstet durch das Gitter seiner Zelle.

»Hast du schon je welche gezahlt?« fragte der Wächter.

Unten im Büro der Wachstube untersuchten Herr Howard und der Polizeibeamte zusammen die gestohlenen Gegenstände. Drei Leute, die Porter gebracht hatte, konnten ihr Eigentum wiedererlangen. »Damit wären wir alles los bis auf die goldene Uhr und das Notizbuch«, sagte der Polizeibeamte, nachdem die Leute, die Anspruch erhoben hatten, fortgegangen waren. »Goldene Herren-Remontoir-Uhr Nr. 5029027; Notizbuch, das keine Papiere enthält, keine Karte, keine Adresse, nur drei Seiten sind beschrieben. Was es bedeuten soll, weiß ich nicht.« Der Beamte reichte Howard das Notizbuch hin. Die beschriebene Seite, aus der

der Beamte nicht klug werden konnte, enthielt einfach eine Liste von Straßennamen. Hinter jeder Straße waren geheimnisvolle Zeichen gekritzelt.

Portland Place, Regent Street, Shaftesbury Avenue, Pall Mall, Whitehall – das war die Liste der Straßen, und hinter jedem Namen standen merkwürdige Striche und Haken.

»Sieht wie das Tagebuch einer Schnitzeljagd aus«, sagte Howard. »Was steht auf den anderen Seiten?« Sie blätterten um. Auf der nächsten Seite standen nur Ziffern.

»Hm«, sagte der enttäuschte Beamte und blätterte nochmals um. Der Inhalt der folgenden Seite war sowohl verständlich als auch lesbar, obwohl das Ganze offenbar in großer Eile, wie nach einem Diktat, geschrieben war.

»Der Mensch, der das geschrieben hat, wollte sicherlich noch zu einem Zug zurechtkommen«, bemerkte der witzige Howard und deutete auf einige Abkürzungen:

> Verläßt D.S. erst um ins Plm. zu gehen. Fährt ins Plm. in M. C. (4 Schein-Wagen voraus), 8.30. Um 2600 P. Verkehr auf den Quai ablnk. 80 Ghm. Polz. in D. S. Einer in jedem Zm, drei jedem Korr. 6 Kell. 6 Dch. Alle Trn. weit off. jeder den andr. sehen, alle Ghm. haben Revolv. Niemand bis auf F und H dürf. R nahekomm. Im Plm. Fremd. Gal. mit Ghm. voll. Jedes Gedränge zu vermeid. 200 Ghm. im Korr. Wenn notw. Militär zur Verfüg.

Der Beamte las dies alles langsam durch, dann fragte er hilflos: »Nun, zum Teufel, was soll das heißen?« In diesem Augenblick verdiente der Polizist Howard sich seine Beförderung.

»Geben Sie mir das Notizbuch für zehn Minuten«, sagte er aufgeregt. Der Beamte reichte ihm das Büchlein hin.

»Ich glaube, daß ich jemanden finden kann, der dafür Verwendung hat«, rief Howard, nahm mit zitternden Händen das Notizbuch, stülpte sich den Hut auf den Kopf und rannte auf die Straße hinaus.

Er hörte nicht auf zu laufen, bis er zu einer Hauptstraße kam. Dort sprang er in einen Wagen und rief dem Chauffeur eilig einen Befehl zu.

»Whitehall, und fahren Sie wie der Teufel!« Einige Minuten später erklärte er dem Offizier des Wachkordons, der Downing Street absperrte, was ihn hierherführte.

»Schutzmann Howard, 946 L. Reserve«, stellte er sich vor. »Ich habe eine sehr wichtige Nachricht für den Inspektor Falmouth.«

Dieser sah müde und niedergeschlagen aus und hörte die Geschichte des Polizisten schweigend an.

»Es kommt mir vor«, fuhr Howard atemlos fort, »als ob das etwas mit Ihrer Sache zu tun hätte, Inspektor. D. S. bedeutet Downing Street und ...« Er zog das Notizbuch heraus, und Falmouth riß es ihm aus der Hand.

Er las ein paar Worte und stieß dann einen Triumphschrei aus.

»Unsere geheimen Abmachungen«, rief er, packte den Schutzmann beim Arm und zog ihn ins Vestibül hinaus.

»Ist mein Wagen da?« fragte er, und auf einen Pfiff hin fuhr der Wagen vor. »Springen Sie hinein, Howard«, sagte der Detektiv, und der Wagen glitt weiter.

»Wer ist der Dieb?« fragte Falmouth.

»Billy Marks, Herr Inspektor«, erwiderte Howard. »Sie kennen ihn vielleicht nicht, aber in Lambeth unten ist er allgemein bekannt.«

»Oh, doch«, beeilte sich Falmouth richtigzustellen. »Ich kenne Billy sogar sehr gut – wir werden sehen, was er auszusagen hat.«

Der Wagen fuhr vor der Polizeistation vor, und die beiden sprangen heraus. Der Beamte sprang auf, als er den berühmten Falmouth erkannte, und salutierte.

»Ich möchte den Gefangenen Marks sprechen«, sagte Falmouth kurz, und Billy, aus dem Schlaf geweckt, kam blinzelnd in die Wachstube.

»Nun, Billy«, sagte der Detektiv, »ich habe ein paar Worte mit Ihnen zu sprechen.«

»Ja, das ist doch Inspektor Falmouth!« rief Billy erstaunt aus, und sein Gesicht bekam einen ängstlichen Ausdruck. »Ich habe mit dieser Oxton-Affäre nichts zu tun, bei Gott nicht!«

»Beruhigen Sie sich, Billy. Ich will nichts von Ihnen. Und wenn Sie meine Fragen wahrheitsgetreu beantworten, können Sie von der jetzigen Strafe loskommen und noch obendrein eine Belohnung erhalten.«

Billy schaute mißtrauisch drein.

»Ich werde niemanden verraten, wenn Sie das vielleicht meinen«, sagte er trotzig.

»Nein, das meine ich auch nicht«, sagte der Detektiv ungeduldig. »Ich will wissen, wo Sie dieses Notizbuch herhaben«, und er hielt es ihm hin.

Billy grinste.

»Hab's auf der Straße gefunden«, log er.

»Ich will die Wahrheit wissen«, donnerte Falmouth.

»Nun«, sagte Billy schmollend, »ich hab's geklaut.«

»Von wem?«

»Ich hab' ihn nicht gefragt, wie er heißt«, lautete die unverschämte Antwort.

Der Detektiv holte tief Atem.

»Passen Sie auf«, sagte er ein wenig leiser, »Sie haben doch schon von den Vier Gerechten gehört?«

Billy nickte und schaute den andern mit weitaufgerissenen Augen an.

»Nun«, sagte Falmouth mit großem Nachdruck, »dieses Notizbuch gehört einem von ihnen.«

»Was!« schrie Billy.

»Es ist eine Belohnung von tausend Pfund auf seine Gefangennahme ausgesetzt. Wenn Ihre Beschreibungen uns zu seiner Festnahme verhelfen, so gehören diese Tausend Ihnen.«

Marks war von diesem Gedanken wie gelähmt.

»Tausend ..., tausend ...«, murmelte er wie geistesgestört, »und ich hätte ihn ebensogut fangen können.«

»Nun also«, rief der Detektiv streng. »Sie können ihn immer noch fangen – sagen Sie uns, wie er aussieht.«

Billy runzelte die Stirn, als strenge er sich an, seine Gedanken zu sammeln.

»Er hat wie ein feiner Herr ausgesehen«, sagte er und bemühte sich angestrengt, sich das Bild seines Opfers in Erinnerung zu bringen. »Er hat eine weiße Weste und ein weißes Hemd an, schöne Lackschuhe ...«

»Aber sein Gesicht – sein Gesicht!« fragte der Detektiv.

»Sein Gesicht?« rief Billy entrüstet. »Wie soll ich wissen, was er für ein Gesicht gehabt hat? Ich schau einem Kerl doch nicht ins Gesicht, wenn ich ihm die Uhr stehle!«

8

»Sie verfluchter Dummkopf, Sie Idiot, Sie!« tobte der Detektiv, packte Billy beim Kragen und schüttelte ihn wie eine Ratte. »Wollen Sie ernstlich sagen, daß Sie einen von den Vier Gerechten tatsächlich in der Hand hatten und sich nicht einmal die Mühe nahmen, ihm ins Gesicht zu schauen?«

Billy gelang es endlich, sich freizumachen.

»Lassen Sie mich in Ruhe!« rief er trotzig. »Woher hätt' ich wissen sollen, daß es einer von den Vier Gerechten war, und woher wissen Sie es überhaupt?« fügte er mit pfiffiger Miene hinzu. Billys Gedanken fingen an, schnell zu arbeiten. Er erkannte nun die Chance, aus seiner Stellung Kapital zu schlagen, während er noch vor wenigen Minuten angenommen hatte, daß er das Opfer eines besonders unglücklichen Zufalls geworden war.

»Ich hatte immerhin Gelegenheit, ihnen einen flüchtigen Blick zuzuwerfen«, sagte er, »sie . . .«

»Sie?« fragte der Detektiv schnell. »Wie viele waren es denn?«

»Das ist ja egal«, sagte Billy mürrisch. Jetzt war er sich der Stärke seiner Position bewußt.

»Billy«, sagte der Detektiv ernst. »Ich spaße jetzt nicht. Wenn Sie etwas wissen, so müssen Sie es sagen.«

»Ha!« rief der Gefangene verächtlich. »Muß ich? Na, ich kenn' das Gesetz so gut wie Sie – Sie können einen Menschen nicht zwingen, auszusagen, wenn er nicht will. Sie können . . .«

Der Detektiv winkte dem anderen Polizeibeamten, sich zu entfernen, und als er außer Hörweite war, ließ er die Stimme ein wenig sinken und sagte:

»Harry Moß ist vergangene Woche frei geworden.«

»Ich kenne keinen Harry Moß«, brummte Billy schmollend.

»Harry Moß ist vergangene Woche frei geworden«, fuhr der Detektiv sachlich fort, »nachdem er drei Jahre wegen räuberischen Diebstahls gesessen hatte.«

»Ich weiß nichts von der ganzen Sache«, sagte Marks immer im gleichen Ton.

»Er war glatt untergetaucht, und die Polizei konnte keine Spur finden«, fuhr der Detektiv unbeirrt fort. »Und man hätte ihn vielleicht bis heute noch nicht gefangen, wenn nicht – wenn nicht eine ›vertrauliche Mitteilung‹ eingelaufen wäre. Da holte man ihn eines Nachts in Lemon Street aus dem Bett.«

Billy befeuchtete sich mit der Zunge die trockenen Lippen, aber er sagte nichts.

»Harry Moß wüßte nur gar zu gerne, wem er die drei Jahre verdankt. Leute, die verpfiffen worden sind, haben ein gutes Gedächtnis, Billy.«

»Das ist nicht anständig, Herr Falmouth«, rief Billy grob. »Ich – ich war in einer Klemme, und Harry Moß war nicht einer von meinen Freunden – und die Polizei war auf der Suche . . .«

»Und die Polizei ist jetzt auch auf der Suche«, sagte Falmouth. Billy antwortete einen Augenblick lang nichts.

»Ich werde Ihnen alles sagen, was ich weiß«, sagte er endlich. Doch der Detektiv hielt ihn zurück.

»Nicht hier«, sagte er. Dann wandte er sich an den diensttuenden Beamten.

»Sie können diesen Mann freigeben – ich bürge für ihn.« Eine Situation, die zumindest Billy sehr heiter fand, denn er grinste wie ein Schaf und gewann seine frühere gute Laune wieder.

»Das erste Mal, daß mir die Polizei aus der Klemme geholfen hat«, bemerkte er nicht ohne Witz.

Der Detektiv fuhr mit seinem Schutzbefohlenen im Auto nach Scotland Yard, und Billy machte sich im Büro des Inspektors Falmouth bereit, seine Geschichte zu erzählen.

»Bevor Sie anfangen«, sagte der Detektiv, »muß ich Ihnen sagen, daß Sie sich so kurz wie möglich fassen müssen. Jede Minute ist kostbar.«

So hub Billy also an. Trotz der Warnung konnten nicht alle Ausschmückungen unterlassen werden, und der ungeduldige Detektiv war gezwungen, sie anzuhören.

Endlich kam der Taschendieb zur Sache.

»Es waren zwei Männer. Der eine war sehr groß, der andre etwas kleiner. Ich hörte den einen sagen: ›Mein lieber George‹ – das hat der Kleinere gesagt, der, von dem ich das Notizbuch habe. Stand etwas drin, in dem Notizbuch?« fragte Billy plötzlich.

»Weiter«, rief der Detektiv ungeduldig.

»Nun«, fuhr Billy fort, »ich bin ihnen bis an das Ende der Straße nachgegangen, und als sie an der Straßenkreuzung warten mußten, um nach Charing Cross Road hinüberzugehen, hab' ich die Uhr geklaut, verstehen Sie?«

»Um wieviel Uhr war das?«

»Halb elf – oder vielleicht auch schon elf.«

»Und Sie haben die Gesichter nicht gesehen?«

Der Dieb schüttelte traurig den Kopf.

»Und wenn ich nie mehr von da, wo ich sitze, aufstehn soll, Herr Falmouth, ich hab' sie nicht gesehn«, sagte Billy feierlich.

Der Detektiv erhob sich seufzend.

»Ich fürchte, damit ist mir wenig geholfen, Billy«, sagte er hoffnungslos. »Haben Sie vielleicht gesehen, ob sie Bärte trugen oder glattrasiert waren, oder . . .«

Billy schüttelte wieder betrübt den Kopf.

»Ich könnte leicht irgend etwas zusammenlügen, Herr Falmouth«, sagte er aufrichtig, »und ich könnte auch leicht eine Geschichte erfinden, um Sie zum Narren zu halten, aber ich meine es ehrlich mit Ihnen.«

Der Detektiv sah ein, daß dies richtig war und nickte. »Sie haben getan, was Sie tun konnten, Billy«, sagte er und fügte dann noch hinzu: – »Ich werde Ihnen was sagen. Sie sind der einzige Mensch auf der Welt, der je einen der Vier Gerechten gesehen hat – und am Leben blieb, um davon zu berichten. Nun, wenn Sie sich auch nicht an sein Gesicht erinnern, vielleicht würden Sie ihn doch wiedererkennen, wenn Sie ihm auf der Straße begegnen – an seinem Gang oder an seiner Haltung, an einer gewissen Handbewegung oder dergleichen. Momentan entsinnen Sie sich dieser Dinge nicht, aber wenn Sie die Leute wiedersehen würden, könnten Sie sie vielleicht doch daran erkennen. Ich nehme daher die Verantwortung auf mich, Sie bis übermorgen von der

Haft zu befreien. Ich verlange von Ihnen, daß Sie den Mann suchen gehen, den Sie bestohlen haben. Hier ist ein Sovereign. Gehen Sie nach Hause, schlafen Sie sich ein wenig aus, stehen Sie so zeitig wie nur möglich auf und gehen Sie nach dem westlichen Stadtteil.« Der Detektiv ging zu seinem Schreibtisch und schrieb ein paar Worte auf eine Karte. »Nehmen Sie das mit: wenn Sie den Mann oder seinen Gefährten sehen, gehen Sie ihnen nach, zeigen Sie dem ersten besten Polizisten, dem Sie begegnen, diese Karte, machen Sie ihn auf den Mann aufmerksam, und wenn Sie sich an diesem Tag niederlegen, werden Sie um tausend Pfund reicher sein als am Morgen beim Aufstehen.«

Billy nahm die Karte.

»Wenn Sie mich zu irgendeiner Zeit zu sprechen wünschen, so werden Sie hier immer jemanden finden, der weiß, wo ich bin. Gute Nacht«, und Billy schritt auf die Straße hinaus mit wirbelnden Gedanken und einem Haftbefehl auf der Rückseite einer Visitenkarte in seiner Westentasche.

Das weiße Licht der Morgendämmerung zeigte, wie bleich und erschöpft Manfreds sonst so energisches Gesicht war. Sogar die weißen Streifen seines melierten Bartes erschienen in dieser Beleuchtung breiter und hervorstechender. Er sah müde und entmutigt aus und so ganz anders als sonst, daß Gonsalez, der knapp vor Sonnenaufgang durch die Dachluke geklettert kam, beinahe beunruhigt schien, soweit dies für einen so phlegmatischen Menschen eben möglich war. Er berührte ihn am Arm, und Manfred fuhr erschreckt in die Höhe.

»Was ist denn los?« fragte Leon sanft.

Manfreds Lächeln und seine Art, den Kopf zu schütteln, wirkten nicht eben beruhigend auf den Fragenden.

»Etwas in Zusammenhang mit Poiccart und dem Taschendieb?«

»Ja«, nickte Manfred. Dann fragte er unvermittelt:

»Hast du bei irgendeinem der früheren Fälle schon je dasselbe Gefühl gehabt, wie diesmal?«

Sie sprachen nun schon beinahe im Flüsterton. Gonsalez starrte nachdenklich vor sich hin.

»Ja«, sagte er schließlich, »einmal – jene Frau in Warschau. Du erinnerst dich doch noch, wie leicht anfangs alles schien, und wie nachher eine Schwierigkeit nach der anderen erwuchs ... bis ich allmählich zu der Empfindung kam, so wie jetzt, daß es uns mißglücken wird.«

»Nein, nein, nein!« rief Manfred verzweifelt. »Wir dürfen nicht von einem Mißglücken unseres Planes reden!«

Er kroch zu der kleinen Falltür und ließ sich in den Korridor hinuntergleiten. Gonsalez folgte ihm.

»Thery?« fragte er.

»Schläft.«

Sie betraten das Arbeitszimmer, und Manfred legte eben die Hand auf die Türklinke, als sie unten im Hausflur Schritte hörten.

»Wer ist da?« rief Manfred, und als er ein leises Pfeifen hörte, rannte er, was er konnte, die Treppe hinunter.

»Poiccart!« rief er.

Und Poiccart war es. Ein staubiger und unrasierter Poiccart.

»Nun?« kam es beinahe grob von Manfreds Lippen.

»Gehen wir hinauf«, antwortete Poiccart kurz. Die drei Männer stiegen die staubige Treppe hinauf, ohne daß ein Wort zwischen ihnen gewechselt wurde, bevor sie das kleine Wohnzimmer erreicht hatten.

Dann nahm Poiccart das Wort:

»Sogar die Sterne in ihrem Lauf sind gegen uns«, sagte er und ließ sich in den einzigen bequemen Sessel fallen, der in dem Zimmer stand, während er seinen Hut in eine Ecke schleuderte. »Der Mann, der mein Notizbuch gestohlen hat, wurde von der Polizei arretiert. Er ist ein berüchtigter Taschendieb und ist unglückseligerweise an diesem Abend beobachtet worden. Man hat das Notizbuch bei ihm gefunden, aber es hätte immer noch alles gutgehen können, wenn nicht ein besonders pfiffiger Geheimpolizist den Inhalt des Büchleins mit uns in Zusammenhang gebracht hätte.

Nachdem ich dich verlassen hatte, ging ich nach Hause, um mich umzukleiden, und dann ging ich nach Downing Street. Dort stand ich unter der Menge der Neugierigen, die den bewachten Eingang anstarrten. Ich wußte, daß Falmouth dort war, und ich wußte auch, daß jede Neuigkeit – falls man eine entdeckte – sofort an Downing Street weitergegeben werden würde. Ich war irgendwie überzeugt davon, daß es ein gewöhnlicher Taschendieb gewesen war und daß wir nur von einer zufälligen Arretierung etwas zu befürchten hätten. Während ich dort wartend stand, sauste ein Wagen heran, und ein aufgeregter Mann sprang heraus. Es war offenkundig ein Polizist, und ich hatte eben noch Zeit, einen Wagen zu mieten, als Falmouth mit dem neuen Ankömmling herausgerannt kam. Ich folgte ihnen in dem Wagen, so schnell ich, ohne den Verdacht des Chauffeurs zu erregen, eben konnte. Natürlich entkamen uns die anderen, aber ihr Ziel war unverkennbar. An der Straßenecke schickte ich den Wagen fort, ging zu Fuß weiter und fand, wie erwartet, das Polizeiauto vor dem Tor stehen.

Es gelang mir, einen flüchtigen Blick ins Büro der Wachstube zu werfen. Ich fürchtete, das zu erwartende Verhör würde in der Zelle vorgenommen werden. Doch durch einen glücklichen Zufall hatte man hierzu die Wachstube gewählt. Ich sah Falmouth und den Polizisten und den Gefangenen. Dieser war ein Mann von üblem Aussehen, mit einem langgen Gesicht und flinken Augen – nein, nein, Lion, bitte frag mich nicht nach seiner Physiognomie –, ich sah ihn nur daraufhin an, um mir das Gesicht gut einzuprägen.

Ich konnte jedoch in dieser Sekunde erkennen, daß der Detektiv in heller Wut war und der Dieb sich trotzig stellte, und daraus schloß ich, daß der Mann ausgesagt hatte, er könnte uns nicht wiedererkennen.«

»Ah!« Manfred seufzte erleichtert auf, wodurch eine kurze Pause in Poiccarts Erzählung eintrat.

»Doch ich wollte mich vergewissern«, fuhr dieser schließlich wieder fort. »Ich ging denselben Weg zurück, den ich gekommen war. Da hörte ich plötzlich ein Auto hinter mir, das mit zwei Passagieren an mir vorbeifuhr. Ich nahm an, daß sie den Mann nach Scotland Yard brachten.

So gab ich mich damit zufrieden, zurückzugehen und einen Platz zu wählen, von wo aus ich den Straßeneingang gut sehen konnte. Ich wartete und wunderte mich, was die Polizei mit ihrem neuen Rekruten machen würde. Nach einer Weile kam der Mann heraus, und zwar allein. Er ging leichten und beflügelten Schrittes dahin. Der Ausdruck seines Gesichtes ließ auf helle Verwirrung und fröhliche Dankbarkeit schließen. Er wendete sich dem Kai zu, und ich folgte ihm dicht auf den Fersen.«

»Es bestand immerhin die Gefahr, daß auch die Polizei ihm nachspürte«, sagte Gonsalez warnend.

»Ach, davon überzeugte ich mich vorher«, erwiderte Poiccart. »Ich hatte mich genau umgesehen, ehe ich handelte. Anscheinend hatte sich die Polizei damit zufriedengegeben, ihn allein herumstreifen zu lassen. Als er vor der Treppe des Temple angekommen war, blieb er stehen und schaute unentschlossen nach rechts und nach links, als wäre er nicht ganz sicher, nach welcher Seite er sich wenden wollte. In diesem Augenblick kam ich an ihm vorbei, drehte mich kurz darauf um und suchte in meinen Taschen herum.

›Haben Sie vielleicht Feuer, bitte?‹ fragte ich.

Er war sehr liebenswürdig, zog eine Schachtel Streichhölzer heraus und bot sie mir an.

Ich nahm ein Streichholz, zündete meine Zigarre an und hielt dabei das Streichholz so, daß er mein Gesicht sehen konnte.«

»Das war sehr schlau«, sagte Manfred ernst.

»Auch sein Gesicht wurde dadurch beleuchtet, und ich bemerkte verstohlen, daß er jeden meiner Gesichtszüge neugierig prüfte. Doch nicht das leiseste Zeichen ließ darauf schließen, daß er mich wiedererkannt hätte, und so begann ich eine kleine Unterhaltung. Wir blieben eine Weile da stehen, wo wir einander begegnet waren, und dann gingen wir, wie auf gemeinsame Verabredung, in der Richtung nach Blackfriars weiter und überschritten die Brücke, während wir über nichtssagende Dinge miteinander plauderten; über die Armen, über das Wetter und über die Zeitung. Am anderen Ende der Brücke befindet sich ein Kaffeehaus. Da entschloß ich mich, weiter vorzugehen. Ich lud ihn zu einer Tasse Kaffee ein, und als man die Schalen vor uns hingestellt hatte, legte ich einen Sovereign auf den Tisch. Der Kellner schüttelte den Kopf und sagte, daß er nicht wechseln könne.

›Hat der Herr vielleicht Kleingeld?‹ fragte er meinen Begleiter.

Jetzt wurde der kleine Dieb durch seine Eitelkeit dazu verleitet, das kundzutun, was ich wissen wollte. Er zog mit nonchalanter Miene einen Sovereign aus der Tasche. ›Das ist alles, was ich bei mir habe‹, sagte er gespreizt. Ich fand nun ein paar Kupfermünzen in meiner Tasche und bezahlte den Kellner. Nun hieß es schnell denken! Er hatte der Polizei irgend etwas mitgeteilt, irgend etwas, wofür er Geld bekommen hatte – was konnte das gewesen sein? Es konnte keine Personenbeschreibung von uns gewesen sein, denn hätte er uns gekannt, so wäre ihm mein Gesicht aufgefallen, als ich das Streichholz anzündete, und auch jetzt, im hellen Schein der Kaffeehauslampen. Da kam mir auf einmal ein Gedanke, der mir den kalten Angstschweiß auf die Stirn trieb. Vielleicht hatte er mich erkannt und hielt mich in seiner Diebsschlauheit hier in einer Unterhaltung verwickelt, bis er Hilfe fand, um mich festzunehmen.«

Poiccart hielt einen Augenblick lang inne und zog eine kleine Phiole aus der Tasche, die er vorsichtig auf den Tisch stellte.

»In diesem Augenblick war er dem Tod näher als je in seinem Leben«, sagte er dann ruhig. »Doch irgendwie wurde ich den Verdacht wieder los. Ich erinnerte mich, daß wir auf unserem Weg an drei Polizisten vorbeigekommen waren – da hätte er ja Gelegenheit gehabt, wenn er sie gesucht hätte.

Er trank seinen Kaffee aus und sagte: ›Jetzt muß ich nach Hause gehn.‹

›Wirklich schon?‹ fragte ich. ›Ich glaube eigentlich, ich sollte auch nach Hause gehen – ich habe morgen eine Menge zu tun.‹ Er grinste mich an und sagte: ›Ich auch, aber ob es mir gelingen wird oder nicht, das weiß ich noch nicht.‹

Wir hatten das Kaffeehaus verlassen und blieben nun unter einer Laterne an der Straßenecke stehen.

Ich wußte, daß mir nur wenige Sekunden übrigblieben, um das zu erfahren, was ich wissen wollte – so spielte ich also den Mutigen und ging direkt auf die Sache los. ›Was halten Sie von den Vier Gerechten?‹ fragte ich, eben als er im Begriff war, davonzuschleichen. Er fuhr augenblicklich herum und fragte schnell: ›Was ist mit ihnen?‹ Und von da ab lenkte ich das Gespräch allmählich auf die Identifizierung der vier. Er war froh, davon sprechen zu können, wollte gerne wissen, was ich darüber dachte, aber am meisten interessierte er sich für die Belohnung. Er ließ sich von der Sache ganz hinreißen, dann beugte er sich plötzlich vor, klopfte mir mit dem Zeigefinger auf die Brust und fing an, einen konstruierten Fall aufzustellen.«

Poiccart unterbrach seine Erzählung durch ein leises Lachen, das schließlich in einem schläfrigen Gähnen endete.

»Ihr wißt, wie solche Leute zu fragen pflegen«, fuhr er dann fort, »und wie naiv ungebildete Leute sind, wenn sie ihre Identität verbergen wollen. Nun, die Geschichte ist einfach die: Dieser Mann – Marks heißt er übrigens – glaubt, daß er imstande sein wird, uns an irgendeinem außergewöhnlichen Merkmal wiederzuerkennen, wenn er uns zu Gesicht bekommt. Um ihm das zu ermöglichen, hat man ihn von der Haft befreit, und er wollte sich am nächsten Tag aufmachen, um London nach uns abzusuchen.«

»Wird wohl den ganzen Tag reichlich beschäftigt sein damit«, höhnte Manfred.

»Ja, aber hör zu, was dann geschah«, sagte Poiccart sachlich. »Wir trennten uns, und ich ging mit dem Gefühl, daß wir nun ganz sicher wären, nach dem Westen. Ich wollte nach Covent Garden Market, weil man dort um vier Uhr in der Früh wenig Aufsehen erregt.

Ich schlenderte auf dem Markt umher und sah dem geschäftigen Treiben zu, als ich aus irgendeinem Grund, den ich nicht erklären kann, mich gezwungen fühlte, mich plötzlich umzudrehen und Herrn Marks gegenüberstand! Er grinste und begrüßte mich mit einem Kopfnicken.

Auch wartete er nicht, bis ich ihn fragte, was er hier suche, sondern fing von selbst an, sein Hiersein zu erklären.

Ich glaubte seiner Erklärung ohne weiteres und lud ihn zum zweitenmal in dieser Nacht zu einem Kaffee ein. Er zögerte erst, dann willigte er ein. Als man uns den Kaffee brachte, zog er die Tasse so nahe an sich heran, wie er nur konnte, und da wußte ich plötzlich, daß Herr Marks mich getäuscht hatte und daß ich seine Intelligenz unterschätzt hatte. Er hatte mich erkannt, obgleich er darin fortfuhr, mir sein Herz auszuschütten.«

»Aber warum ...?« fing Manfred an.

»Ja, das dachte ich mir auch«, antwortete der andere.

»Warum hat er mich nicht arretieren lassen?« Er wendete sich an Leon, der bis jetzt schweigend zugehört hatte. »Sag uns, Leon, warum?«

»Das ist sehr einfach zu erklären«, sagte Gonsalez ruhig. »Warum hat uns Thery nicht verraten? – aus Habgier, die zweitgrößte Macht der Zivilisation. Er war der Belohnung nicht ganz sicher. Vielleicht zweifelte er auch an der Anständigkeit der Polizei – das tun die meisten Verbrecher. Er wollte vielleicht einen Zeugen haben.« Leon ging auf die Wand zu, wo sein Rock hing. Er knöpfte ihn nachdenklich zu, strich sich mit der Hand über das glatte Kinn und steckte die kleine Phiole ein, die auf dem Tisch stand.

»Du bist ihm wohl entschlüpft, nehme ich an?« fragte er.

Poiccart nickte.

»Er wohnt . . . ?«

»Red Cross Street 700 – ein gewöhnliches Mietshaus.«

Leon nahm einen Bleistift vom Tisch und skizzierte schnell einen Kopf am Rand eines Zeitungsblattes.

»Ähnlich?« fragte er.

Poiccart besah das Bild.

»Ja«, sagte er erstaunt; »hast du ihn denn gesehen?«

»Nein«, antwortete Leon gleichgültig. »Aber ein solcher Mensch hat meist einen solchen Kopf.«

An der Türschwelle blieb er nochmals stehen.

»Ich glaube, daß es notwendig ist.« Es klang eher wie eine Frage, nicht wie die Feststellung einer Tatsache, und die Worte schienen mehr an Manfred gerichtet zu sein, der mit verschränkten Armen und gerunzelter Stirn dastand und zu Boden starrte.

Nun öffnete er die Faust, und Leon sah den nach abwärts gerichteten Daumen und verließ das Zimmer.

*

Billy Marks war in großer Verlegenheit. Durch das einfachste Mittel der Welt war ihm seine Beute durch die Finger gerutscht. Als Poiccart vor der Tür des elegantesten Hotels von London, an dem sie eben vorbeikamen, sagte, daß er sofort zurückkommen würde und im Hauseingang verschwand, stand Billy verblüfft da. Das war eine Möglichkeit, mit der er nicht gerechnet hatte. Er war dem Mann, den er verdächtigte, von Blackfriars aus gefolgt; er war beinahe überzeugt davon, daß dies der Mann war, den er bestohlen hatte. Er hätte den ersten besten Polizisten rufen können und den Mann arretieren lassen. Doch der Argwohn des Diebes, die Angst, daß er vielleicht die Belohnung mit dem Mann teilen müßte, der ihm bei der Festnahme behilflich war, hielten ihn zurück. Und schließlich, wer weiß, vielleicht war es gar nicht der richtige Mann, überlegte Billy, und doch . . .

Poiccart war Chemiker. Ein Mann, der mit gesundheitsschädlichen Präparaten arbeitete, der übelriechende Flüssigkeiten mischte und in den verschiedensten Glasröhren und Gefäßen destillierte, filtrierte, oxydierte, Lösungen sättigte und alle möglichen Dinge trieb, mit allerlei vegetabilischen, animalischen und mineralischen Produkten der Erde.

Billy hatte Scotland Yard mit der Absicht verlassen, sich nach einem Mann umzusehen, dessen Hautfarbe der Hände ihm aufgefallen war. Damit hätte er der Polizei auch ein wertvolles Zeichen zur Identifikation bieten können, wenn er nicht so große Angst davor gehabt hätte, geprellt zu werden.

Es mag als eine etwas lahme Entschuldigung aufgefaßt werden, wenn man einzig und allein Billys Habgier als Grund angibt, warum er nicht energischer handelte in dem Augenblick, da er dem Mann, den er suchte, gegenüberstand. Und doch war es so. Auch waren da noch kleine Berechnungen anzustellen. Wenn einer von den Vier Gerechten tausend Pfund wert war, wie hoch im Kurs standen wohl alle vier?

Billy war ein Dieb mit Geschäftssinn. Er pflegte bei seiner täglichen Arbeit nichts zu vergeuden. Auch war er kein konservativer Schurke, der sich streng an ein und denselben Zweig seines Berufes hielt. Er war ebenso gerne bereit, eine Uhr zu stehlen, wie eine Kasse aufzubrechen oder falsches Geld in Umlauf zu bringen. Er war ein Schmetterling der Verbrecherwelt, der von einer ungesetzlichen Blume zur anderen flatterte und es auch nicht verschmähte, als der »Unbekannte« zu figurieren, der geheime Anzeigen erstattete.

Als daher Poiccart hinter dem herrlichen Portal des bekannt exklusiven Hotels Royal verschwand, war Billy der Hereingefallene. Er erkannte im Nu, daß sein Gefangener an einen Ort gegangen war, wohin er ihm nicht folgen konnte, ohne sich zu exponieren, und daß seine Chance für immer dahin war. Er blickte die Straße hinauf und hinunter, doch kein Polizist war zu sehen. Im Vestibül putzte ein Hausknecht in Hemdärmeln die Messingstangen. Es war immerhin noch sehr früh am Morgen. Die Straßen lagen verödet, und Billy entschloß sich nach kurzem Zögern zu einem Schritt, den er sonst niemals gewagt hätte.

Er stieß die Drehtür auf und betrat das Vestibül. Der Hausknecht drehte sich um, als er eintrat, und warf ihm einen mißtrauischen Blick zu.

»Was wollen Sie?« fragte er, mißbilligend den fleckigen Rock des Besuchers betrachtend.

»Hören Sie, lieber Freund«, fing Billy so liebenswürdig wie nur möglich an.

Doch in diesem Augenblick packte ihn die starke Hand des Hausknechts am Rockkragen, und Billy befand sich plötzlich auf dem Straßenpflaster.

»Hinaus mit Ihnen«, hatte der Hausknecht in sehr bestimmtem Ton gesagt.

Dieser Zurückweisung hatte es bedurft, um in Billy das nötige Selbstvertrauen zu wecken.

Er strich seine Kleider zurecht, zog Falmouths Karte hervor und kehrte mit Würde an seine Aufgabe zurück.

»Ich bin Polizeibeamter«, sagte er eine ihm wohlbekannte Formel her. »Und ich rate Ihnen, mich in der Ausübung meines Amtes nicht zu stören, junger Mann!«

Der Hausknecht nahm die Karte und besah sie kritisch.

»Was wollen Sie?« fragte er in einem etwas höflicheren Ton. Wenn der Mensch ein Detektiv ist, überlegte er, so ist er sehr gut verkleidet.

»Ich suche den Herrn, der vor mir hereinkam«, sagte Billy.

Der Hausknecht kratzte sich am Kopf.

»Was für eine Zimmernummer hat er?« fragte er.

»Kümmern Sie sich nicht um seine Zimmernummer«, schnaubte Billy. »Hat das Hotel einen rückwärtigen Ausgang, irgendeine Tür, durch die man hinausschlüpfen kann? Ich meine mit Ausnahme des Hauptportals?«

»Ein halbes Dutzend«, antwortete der Hausknecht.

»Führen Sie mich sofort zu einem dieser Ausgänge«, sagte er. Und der Hausknecht ging voran.

Einer der Ausgänge für Lieferanten führte auf eine kleine Seitenstraße hinaus, und hier gab ihnen ein Straßenkehrer die von Marks befürchtete Auskunft: Vor fünf Minuten hatte ein Mann, auf den die Beschreibung paßte, das Haus durch diesen Eingang verlassen, sich nach dem Strand gewendet, vor den Augen des Straßenkehrers einen Wagen bestiegen und war fortgefahren.

Beschämt und noch von bitteren Vorwürfen bedrückt, daß er sich zumindest einen Teil der Tausend-Pfund-Belohnung hätte sichern können, wenn er die Sache richtig angepackt hätte, schritt Billy langsam auf den Kai zu und verwünschte seine Dummheit, die ihn dazu verleitet hatte, ein Vermögen auszulassen, das er bereits in Händen hatte. Er schlenderte, die Hände tief in die Taschen vergraben, den öden Kai entlang, während er in Gedanken immer und immer wieder die Ereignisse der vergangenen Nacht durchdachte und jedesmal einen wilden Fluch ausstieß, sooft ihm seine Niederlage einfiel. Etwa eine Stunde, nachdem ihm Poiccart entwischt war, kam er zu dem Schluß, daß eigentlich noch nicht alles verloren sei. Er konnte den Mann jetzt beschreiben, er kannte jetzt sein Gesicht, und zwar Zug um Zug. Das war doch wenigstens etwas. Ja, überlegte er, wenn der Mann auf seine Beschreibung hin verhaftet werden konnte, so hatte er immer noch Anspruch auf die Belohnung – oder wenigstens auf einen Teil derselben. Er wagte es nicht, Falmouth gegenüberzutreten und ihm zu sagen, daß er die ganze Nacht in Gesellschaft eines der Vier Gerechten gewesen war, ohne ihn verhaften zu lassen. Das würde ihm Falmouth auch niemals glauben, und es war doch auch wirklich zu merkwürdig, daß er ihm sofort begegnet war.

Diese Tatsache fiel Billy jetzt zum ersten Male auf. Durch was für einen seltsamen Zufall war diese Begegnung zustande gekommen? War es möglich, der Gedanke erschreckte Marks, daß der Mann, den er bestohlen hatte, ihn wiedererkannt hatte und absichtlich seine Gesellschaft gesucht hatte, um ihn zu ermorden?

Auf der niedrigen Stirn des Taschendiebes standen die kalten Schweißtropfen. Diese Männer waren Mörder, waren unbarmherzige Mörder.

Er wurde in diesem unerfreulichen Gedankengang von einem Mann unterbrochen, der über die Straße her auf ihn zugeschritten kam. Mißtrauisch schaute er den Fremden an. Es war ein jung aussehender, glattrasierter Mann, mit scharf geschnittenen Gesichtszügen und unsteten blauen Augen. Als er näher kam, merkte Marks, daß der erste Eindruck getäuscht hatte. Der Mann sah jünger aus, als er war. Er mochte etwa Vierzig sein, dachte Billy. Er kam näher, schaute Marks aufmerksam an und winkte ihm dann, stehenzubleiben, denn Billy war weitergegangen.

»Heißen Sie Marks?« fragte der Fremde schroff.

»Ja«, antwortete der Dieb.

»Haben Sie schon mit Herrn Falmouth gesprochen?«

»Seit gestern abend nicht mehr«, erwiderte Marks.

»Dann sollen Sie sofort zu ihm kommen.«

»Wo ist er?«

»Polizeistation Kensington – es ist jemand verhaftet worden, und er will, daß Sie den Mann identifizieren.«

Billys Hoffnungen sanken.

»Bekomm' ich dann einen Teil der Belohnung?« fragte er. »Wenn ich ihn nämlich wiedererkenne?«

Der andere nickte, und Billys Hoffnungen stiegen wieder.

»Kommen Sie jetzt mit mir«, sagte der Fremde. »Herr Falmouth wünscht nicht, daß wir zusammen gesehen werden. Lösen Sie ein Billett erster Klasse nach Kensington und steigen Sie in das Abteil hinter mir ein – kommen Sie.«

Er wendete sich um und überschritt die Straße, und Billy folgte ihm in einiger Entfernung.

Als er die Station erreicht hatte, sah er, daß der Fremde dort auf und ab ging, doch gab er ihm kein Erkennungszeichen. Ein Zug fuhr ein, und Marks folgte seinem Führer durch eine Menge von Arbeitern hindurch, die aus dem Zug ausgestiegen waren. Der Mann bestieg ein leeres Abteil erster Klasse, und Marks, der Weisung folgend, bestieg das anstoßende Abteil, in dem ebenfalls keine Reisenden saßen.

Marks hatte zwischen Charing Cross und Westminster reichlich Zeit, seine neue Lage zu überdenken. Zwischen der letzten Station und St. James Park dachte er sich eine Entschuldigung aus für den Detektiv. Zwischen dem Park und Victoria hatte er sich seine Rechtfertigung zurechtgelegt, um Anspruch auf einen Teil der Belohnung erheben zu können. Dann, als der Zug von Sloane Square in den fünf Minuten langen Tunnel einfuhr, verspürte Billy plötzlich Zugluft, wendete den Kopf und sah den Fremden, der auf dem Trittbrett des schwankenden Zuges stand und die Tür halb offenhielt.

Marks fuhr erschreckt auf.

»Schieben Sie auf der anderen Seite das Fenster zu«, befahl der Fremde, und Billy gehorchte, wie gebannt durch den schroffen Ton der Stimme. In diesem Augenblick hörte er das Klirren eines zerbrochenen Glases. Er drehte sich ärgerlich um.

»Was soll das Ganze heißen?« fragte er. Statt zu antworten, schloß der Fremde leise die Tür und verschwand.

»Was soll das Ganze bedeuten?« wiederholte Marks schläfrig. Er sah auf den Boden und bemerkte neben einer zerbrochenen Phiole einen Sovereign. Einen Augenblick lang starrte er ihn dumm an, und eben als der Zug in den Victoria-Bahnhof einfuhr, bückte er sich, um ihn aufzuheben . . .

9

Ein Fahrgast, der während des Aufenthaltes in Kensington gemächlich ein Abteil wählte, öffnete die Tür eines Abteils erster Klasse und fuhr hustend zurück. Ein bestürzter Schaffner und ein herbeigerufener Stationsbeamter rannten hinzu, rissen die Tür auf, und ein durchdringender Mandelgeruch strömte ihnen entgegen.

Es sammelten sich einige Fahrgäste, die dichtgedrängt einer dem anderen über die Schulter zu schauen versuchten, während der Stationsvorstand die Sache untersuchte. Nach und nach kamen ein Arzt, ein paar Krankenwärter mit einer Tragbahre und ein Polizist von der Straße.

Sie hoben vereint den zusammengekrampften Körper eines toten Mannes aus dem Abteil und legten ihn auf dem Bahnsteig vor dem Stationsgebäude nieder.

»Haben Sie irgend etwas gefunden?« fragte der Polizist.

»Einen Sovereign und eine zerbrochene Flasche.«

Dann durchsuchte der Polizist die Taschen des toten Mannes.

»Ich fürchte, er wird keine Papiere bei sich haben, aus denen man entnehmen kann, wer er ist«, sagte er mit Kennerblick. »Hier ist ein Billett erster Klasse. Das muß ein Selbstmord gewesen sein ... Hier ist eine Karte ...«

Er drehte sie um und las. Sein Gesicht nahm plötzlich einen ganz veränderten Ausdruck an.

Er gab eilig einige Anordnungen und rannte dann zum nächsten Postamt.

Inspektor Falmouth, der sich in Downing Street ein paar Stunden Schlaf gegönnt hatte, wachte bedrückt und mit dem unangenehmen Gefühl auf, daß der Tag trotz aller Vorsichtsmaßregeln übel enden würde. Er war noch kaum angekleidet, als der Kommissar gemeldet wurde.

»Ich habe Ihren Bericht erhalten«, sagte der Vorgesetzte zur Begrüßung. »Es war sehr richtig von Ihnen, Marks aus der Haft zu befreien. Haben Sie heute morgen schon Nachricht von ihm bekommen?«

»Nein.«

»Hm«, sagte Falmouth nachdenklich. »Ich bin neugierig, ob ...« Er vollendete den Satz nicht.

»Haben Sie übrigens daran gedacht, daß die Vier Gerechten die Gefahr, in der sie schweben, vielleicht erkannt haben, Herr Inspektor?«

Der Detektiv sah sehr erstaunt drein.

»Ja, natürlich, Herr Kommissar.«

»Haben Sie sich auch überlegt, was sie daraufhin wahrscheinlich unternehmen werden?«

»Nein, noch nicht, wenn nicht etwa den Versuch, das Land zu verlassen.«

»Ist es Ihnen nicht eingefallen, daß sie möglicherweise, während dieser Marks sie sucht, selbst auf der Suche nach ihm sind?«

»Bill ist ziemlich pfiffig«, sagte der Detektiv unsicher.

»Das sind die auch«, sagte der Kommissar. »Ich rate Ihnen, setzen Sie sich mit Marks in Verbindung und stellen Sie ihm zur Sicherheit zwei verläßliche Leute zur Verfügung.«

»Das werde ich sofort veranlassen«, erwiderte Falmouth. »Ich fürchte, daß ich diese Vorsichtsmaßregel schon früher hätte anwenden sollen.«

»Nun will ich noch versuchen, mit Sir Philip zu sprechen«, sagte der Kommissar und fügte mit zweifelhaftem Lächeln hinzu: »Ich werde ihn leider erschrecken müssen.«

»Um was handelt es sich?«

»Wir möchten gerne, daß er das Gesetz fallenläßt. Haben Sie die Morgenzeitungen gelesen?«

»Nein, Herr Kommissar.«

»Sie sind sich alle darin einig, daß die Abstimmung nicht stattfinden soll. Es heißt, daß die Sache nicht wichtig genug ist, um das Risiko zu rechtfertigen, daß das Land um ihretwillen in so schroffe Gegensätze gebracht wird. Aber im Grunde fürchtet man sich vor den Folgen. Und, meiner Seele, ich fürchte mich auch ein wenig davor.«

Er stieg die Treppe hinauf und wurde auf einem Treppenabsatz von einem seiner Untergebenen angehalten.

Dies war eine Maßregel, die nach der Episode des verkleideten Detektivs eingeführt worden war. Der Außenminister befand sich nun in einem Belagerungszustand. Es durfte niemand zugelassen und niemandem getraut werden; ein Losungswort war ausgegeben worden, und jede erdenkliche Vorsicht wurde angewendet, um eine Wiederholung der ersten Verwechslung unmöglich zu machen.

Der Kommissar hatte eben die Hand gehoben, um an die Tür des Arbeitszimmers zu klopfen, als ihn jemand am Arm faßte. Er drehte sich um und erblickte Falmouth bleich und erschreckt.

»Sie haben Billy erledigt«, sagte der Detektiv atemlos. »Man hat ihn eben in einem Eisenbahnwaggon in Kensington tot aufgefunden.«

Der Kommissar seufzte.

»Wie ist das geschehen?« fragte er.

Falmouth stand da, ein Bild leibhaftiger Verzweiflung. »Blausäuregas«, sagte er bitter. »Es sind wissenschaftlich gebildete Leute. Herr Kommissar, versuchen Sie, den Minister dazu zu bringen, daß er dieses elende Gesetz fallenläßt.«

Er deutete auf die Tür von Sir Philips Zimmer. »Wir werden ihn bestimmt nicht schützen können. Ich spüre es in allen Knochen, er ist ein vom Tode gezeichneter Mann.«

»Ach, Unsinn!« erwiderte der Kommissar scharf. »Sie fangen an, nervös zu werden – Sie haben nicht genug geschlafen, Falmouth. Sie sprechen gar nicht wie sonst, in ruhigem Zustand – wir müssen ihn einfach schützen.«

Er wendete sich vom Arbeitszimmer ab und winkte einem der Männer, die den Treppenabsatz bewachten. »Sergeant, melden Sie dem Inspektor Collins, daß er überallhin Verstärkungen schicken soll und Reserven bereithalten möge, die augenblicklich ausrücken können. Ich werde Ramon heute mit einem solchen Wachkordon umgeben«, fügte er, zu Falmouth gewendet, hinzu, »daß ihm kein Mensch wird nahe kommen können, ohne Gefahr zu laufen, sofort niedergeschlagen zu werden.«

Und eine Stunde später konnte man in London ein Schauspiel sehen, wie es in der Geschichte dieser Hauptstadt nicht seinesgleichen hatte. Aus jedem Bezirk kam eine kleine Patrouille Polizisten. Sie kamen mit der Bahn, mit der Straßenbahn, mit dem Autobus, einfach mit jedem Vehikel und jeder Fahrgelegenheit, deren man habhaft werden konnte. Sie strömten von den Stationen herbei, sie ergossen sich durch alle Straßen, bis London entgeistert vor der Erkenntnis stand, wie groß die Macht der Polizeigewalt war.

Whitehall war bald von einem Ende bis zum anderen vollgestopft. St. James Park war schwarz von Polizisten. Whitehall, Charles Street, Birdcage Walk und der östliche Teil von Mall waren automatisch für jeden Verkehr gesperrt worden durch die kompakte Masse der Reihen berittener Polizisten. St. George Street war in Händen der bewaffneten Gewalt, alle Dächer der Häuser waren von Leuten in Uniform besetzt, jedes Haus und jeder Raum, von dem aus man nur im entferntesten den Amtssitz des Außenministers sehen konnte, wurde eingehendst durchsucht und bewacht. Es war, als ob der Kriegszustand erklärt worden wäre, und tatsächlich wurden während des ganzen Tages zwei Garderegimenter zur Verstärkung bereitgehalten. In Sir Philips Zimmer machte der Kommissar, von Inspektor Falmouth unterstützt, einen letzten Versuch, den eigensinnigen Mann, dessen Leben bedroht war, durch Bitten und Vorstellungen von seinem Vorhaben abzubringen.

»Ich versichere Ihnen, Sir«, sagte der Kommissar eindringlich, »wir können nicht mehr tun, als wir getan haben, und trotzdem bin ich sehr besorgt. Diese Leute kommen mir beinahe übernatürlich vor. Ich habe schreckliche Angst, daß wir trotz aller Vorsichtsmaßregeln irgend etwas nicht in Rechnung gezogen haben. Daß wir irgendeine Straße unbewacht gelassen haben, die durch teuflische Erfindungskraft benützt werden könnte. Der Tod dieses Marks hat mir sehr zu denken gegeben, die Vier Gerechten sind nicht nur allmächtig, sie sind auch allgegenwärtig. Ich beschwöre Sie, Sir, um Himmels willen, überlegen Sie es sich nochmals, bevor Sie endgültig die Bedingungen jener Leute verwerfen. Ist dieses Gesetz so unbedingt notwendig?« Er hielt inne. »Ist es Ihr Leben wirklich wert?« fragte er geradezu. Sir Philip zuckte unter der Offenheit dieser Frage zusammen.

Er wartete einen Augenblick, bevor er antwortete, doch dann kam seine Antwort, zwar in leisem, doch sehr bestimmtem Ton.

»Ich werde den Gesetzentwurf nicht zurückziehen«, sagte er langsam mit eintönig trotziger und klangloser Stimme. »Ich werde ihn unter gar keinen Umständen zurückziehen.«

»Ich bin schon viel zu weit gegangen«, fuhr er fort, mit der Hand den Einwand des Inspektors abwehrend. »Ich bin bereits jenseits jeder persönlichen Angst, ja sogar jeder persönlichen Bitterkeit; die Sache ist für mich nur mehr eine Frage der Gerechtigkeit. Habe ich recht, wenn ich ein Gesetz einführe, das eine Kolonie von gefährlich klugen Verbrechern aus dem Lande zu entfernen versucht, die hier vor jeder Verhaftung sicher sind und dafür die ungebildeten Massen zu Handlungen der Gewalttätigkeit und des Aufruhrs aufhetzen? Wenn ich recht habe, haben die Vier Gerechten unrecht. Oder aber, haben sie vielleicht recht? Ist diese Maßnahme eine ungerechte, tyrannische, ein Stück Barbarentum, das mitten in die Denkart des zwanzigsten Jahrhunderts geraten ist, ein Anachronismus? Wenn diese Leute recht haben, dann habe ich unrecht. Es läuft also darauf hinaus, daß ich mein Gewissen bezüglich des Rechtsstandpunktes, den ich einnehmen soll, beruhigen muß – und ich bestehe auf meinem Standpunkt.«

Er begegnete den verwunderten Blicken der Beamten mit ruhigem und gefaßtem Antlitz.

»Sie haben gut daran getan, all die Vorsichtsmaßregeln anzuwenden«, fuhr er dann sachlich fort. »Es war unklug von mir, mich gegen Ihre beschützende Fürsorglichkeit aufzulehnen.«

»Wir müssen darin sogar noch weitergehen«, unterbrach ihn der Kommissar. »Wir müssen Sie bitten, zwischen sechs und halb neun Uhr abends Ihr Arbeitszimmer nicht zu verlassen, und unter gar keinen Umständen dürfen Sie jemandem die Tür öffnen – nicht einmal Herrn Falmouth oder mir. Sie müssen während dieser Zeit Ihre Tür versperrt halten.« Er zögerte. »Wenn Sie es vorziehen sollten, daß einer von uns bei Ihnen bleibt . . .«

»Nein, nein«, antwortete der Minister schnell. »Nach dem unangenehmen Vorfall von gestern möchte ich lieber allein bleiben.«

Der Kommissar nickte. »Dieses Zimmer ist unbedingt anarchistensicher«, sagte er und deutete mit der Hand durch den Raum. »Wir haben während der Nacht eine gründliche Durchsuchung vorgenommen, den Fußboden, die Wände und die Decke untersucht und sogar einen Stahlschutz an sämtlichen Fensterläden angebracht.«

Er sah sich im Zimmer mit den Blicken eines Menschen um, dem jeder sichtbare Gegenstand vollkommen vertraut war.

Dann bemerkte er plötzlich, daß etwas verändert war, daß etwas Neues hereingebracht worden war. Auf dem Tisch stand eine blaue Porzellanvase voll Rosen.

»Das ist neu«, sagte er und neigte den Kopf, um den Duft der herrlichen Blumen einzuatmen.

»Ja«, antwortete Ramon gleichgültig, »man hat sie mir heute morgen aus meinem Haus in Hereford hereingeschickt.«

Der Kommissar riß ein Blumenblatt davon ab und rollte es zwischen seinen Fingern. »Sie sehen so natürlich aus«, sagte er paradox, »daß man sie beinahe für künstlich halten könnte.«

Bei diesen Worten wurde er sich bewußt, daß er diese Rosen in Verbindung brachte mit . . . , ja, mit was nur?

Langsam schritt er die Marmorfreitreppe hinunter – an jedem Treppenabsatz stand ein Polizist – und teilte Falmouth seine Beobachtungen mit.

»Man kann dem alten Herrn seine Entscheidung nicht übelnehmen. Ich bewundere ihn eigentlich heute mehr als je. Aber« – seine Stimme klang plötzlich feierlich – »ich habe Angst – ich habe wirklich Angst.« Falmouth erwiderte nichts.

»Aus dem Notizbuch kann man nichts entnehmen«, fuhr der Kommissar fort, »wenn die Aufzeichnungen nicht die Route bezeichnen sollen, die Sir Philip eingeschlagen hätte, wollte er durch das Hintergäßchen nach Downing Street Nr. 44 gelangen. Die Zwecklosigkeit dieses Gedankens ist beinahe beängstigend, denn wir haben so starke Beweise für den ungemein klugen Kopf, der hinter diesem unschuldigen Straßenverzeichnis steckt, daß ich ganz fest davon überzeugt bin, daß wir den richtigen Sinn der Aufzeichnungen noch nicht erfaßt haben.«

Er schritt auf die Straße hinaus und nahm zwischen den dichten Reihen der Polizisten hindurch seinen Weg. Die ungewöhnlichen polizeilichen Vorsichtsmaßregeln hatten zur Folge, daß das Publikum in völliger Unkenntnis dessen blieb, was sich in Downing Street ereignete. Sämtliche Reporter wurden aus dem Zauberkreis ferngehalten, und die Zeitungen, insbesondere die Abendzeitungen, mußten sich auf die Informationen beschränken, die ihnen nur spärlich von Scotland Yard zur Verfügung gestellt worden waren. Doch wenn die Tatsachen auch kärglich waren, so waren die Theorien und Anhaltspunkte um so zahlreicher und abwechslungsvoller.

Der »Megaphone«, diejenige Zeitung, die vorgab, am unmittelbarsten an dem Tun und Lassen der Vier Gerechten interessiert zu sein, machte die unerhörtesten Anstrengungen, um Nachrichten über die letzten Geschehnisse zu erlangen. Je näher der fatale Tag heranrückte, um so mehr erreichte die Aufregung ihren Höhepunkt. Jede neue Ausgabe des Abendblattes war sofort ausverkauft, sobald sie nur herauskam. Es war wenig Material vorhanden, das sensationslüsterne Publikum zu befriedigen, doch was da war, das wurde veröffentlicht. Abbildungen von Downing Street Nr. 44, Porträts des Ministers und Pläne von der Umgebung des Außenministeriums, auf denen Diagramme eingezeichnet waren zur Erläuterung der polizeilichen Vorsichtsmaßregeln, fielen in den Textspalten auf, die sich nicht zum ersten-, sondern zum zehntenmal mit der Lebensgeschichte der Vier Gerechten beschäftigten, hauptsächlich soweit sie deren Verbrechen betraf.

Und in diesem Augenblick, da die Neugierde aufs höchste gespannt war und ganz London, ganz England, ja die ganze zivilisierte Welt nur von dem einen Ereignis sprach, platzte wie eine Bombe die Nachricht von Marks' Tod herein.

In den verschiedensten Variationen – so sollte der Tote einer der in den Fall verwickelten Detektive, ein ausländischer Polizeibeamter, sogar Falmouth selbst sein – wuchs die Geschichte von Marks' Tod von einem »Selbstmord in einem Eisenbahnabteil« zu ihrer eigentlichen Bedeutung heran. Bereits innerhalb einer Stunde füllte das tragische Ereignis – zwar ungenau im Detail, doch in der Hauptsache richtig – die Spalten der Presse.

Mysterium über Mysterium! Wer war dieser schlecht angezogene Mann, was für eine Rolle spielte er in der großen Sache, wodurch hatte er sein Leben verwirkt, wie wurde er getötet? fragte sofort alle Welt. Und nach und nach, von allgegenwärtigen Reportern zusammengestellt, wurde die Geschichte bekannt. Und am ausführlichsten wurde der große Polizeiaufwand in Whitehall beschrieben. Das galt als Beweis, wie ernst die Behörden die Sache nahmen.

»Von meinem günstigen Beobachtungsplatz aus«, schrieb Smock im ›Megaphone‹, »konnte ich ganz Whitehall überblicken. Es war das seltsamste Schauspiel, das unsere Stadt jemals erlebt hat. Ich sah nichts weiter als ein Meer von Tausenden und aber Tausenden von Helmen, ein Meer, das von einem Ende der breiten Straße bis zum anderen wogte. Polizei und nochmals Polizei! Die ganze Gegend war schwarz von Polizei. Sie besetzten die Nebenstraßen, sie standen dichtgedrängt in den Parks, sie bildeten nicht etwa einen Kordon, sondern eine undurchdringliche Masse, die zu durchbrechen unmöglich war!«

Denn die Polizei wollte nichts dem Zufall überlassen. Wenn sie es dabei hätte bewenden lassen, daß Schlauheit durch Schlauheit bekämpft werden kann, Geschicklichkeit durch Geschicklichkeit, List durch List und Geheimnis durch Geheimnis, so hätte sie sich damit begnügen können, ihren Schutzbefohlenen auf der Basis konventioneller Mittel zu verteidigen. Aber diesmal hatte man sich selbst übertroffen. Der Einsatz war zu hoch, als daß man sich auf die alte Strategie hätte verlassen können – das war ein Fall, der brutale Gewalt forderte. Man kann sich, so lange Zeit nach diesem Ereignis, schwer vorstellen, wie sehr sich die Angst vor den Vier Gerechten in der gesamten Polizeiwelt aller Länder damals festgesetzt hatte. Und so kann man auch nicht den panischen Schrecken richtig einschätzen, der eine Körperschaft befallen hatte, die sonst wegen ihres vernünftigen Vorgehens berühmt war.

Die Menschenmenge, die die Zugänge zu Whitehall versperrte, fing bald an, sich ständig zu vermehren, sobald die Nachrichten von Billys Tod bekannt wurden. Und kurz nach zwei Uhr desselben Nachmittags wurde auf Befehl des Kommissars die Westminster-Brücke für jeden Verkehr gesperrt, sowohl für Fahrzeuge aller Art, als auch für Fußgänger. Der Teil des Kais, der zwischen der Westminster-

und der Hungerford-Brücke läuft, wurde sodann von der Polizei gesäubert, und alle neugierigen Passanten wurden fortgewiesen. Northumberland Avenue wurde abgeriegelt, und bereits vor drei Uhr gab es in einem Umkreis von dreihundert Metern rings um die amtliche Residenz Sir Philip Ramons keinen Platz mehr, der nicht von einem Vertreter des Gesetzes besetzt gewesen wäre. Die Parlamentsmitglieder wurden auf ihrem Weg ins Parlament von berittenen Polizisten begleitet, und die Menge jubelte ihnen zu, als hätten sie auch teil an dem Ruhm. Diesen ganzen Nachmittag über warteten Hunderttausende von Menschen geduldig, ohne irgend etwas zu sehen, außer den Türmen und Spitzen des Parlaments, die über die Köpfe der Polizisten emporragten. Von Stunde zu Stunde warteten die Londoner, eine immer noch wachsende Menge, warteten und warteten, geduldig und sittsam, zufrieden damit, ins Leere zu starren und durch nichts für alle Langeweile und Ermüdung entschädigt zu werden als nur durch das Gefühl, dem Schauplatz des Dramas so nahe zu sein wie nur möglich. Ein Fremder, der nach London gekommen war und sich diese Menschenansammlung nicht erklären konnte, fragte erstaunt nach dem Grund. Und ein Mann, der in den hintersten Reihen der wartenden Menge am Kai stand, deutete mit der Pfeife über den Fluß hin und sagte schlicht, als spräche er von einem ganz alltäglichen Ereignis:

»Wir warten, daß ein Mann ermordet wird.«

Zeitungsjungen trieben bis an den äußersten Rand dieser wartenden Menschenmenge einen schwunghaften Handel. Die Blätter gingen von Hand zu Hand über die Köpfe der Leute hin. Jede halbe Stunde erschien eine neue Ausgabe und entwickelte eine neue Theorie, gab eine neue Beschreibung der Szene, in der die Leute selbst eine zwar nebensächliche, doch äußerst malerische Rolle spielten. Das Säubern des Kais veranlaßte eine neue Ausgabe; das Sperren der

Westminster-Brücke brachte eine zweite; die Verhaftung eines närrischen Kommunisten, der die Menge auf Trafalgar Square aufhetzen wollte, diente wieder als Thema für eine dritte. Jedes kleine Ereignis des Tages wurde wahrheitsgetreu wiedergegeben und neugierig verschlungen.

Den ganzen Nachmittag über warteten sie und erzählten einander immer wieder von neuem die Geschichte der Vier Gerechten, stellten neue Theorien auf, urteilten über sie und erwogen die Sachlage. Und sie sprachen vom Ausgang dieser aufregenden Angelegenheit, wie man von einer erwarteten Sensation spricht, und beobachteten gespannt den sich langsam bewegenden Zeiger der großen Uhr am Parlamentsgebäude, der saumselig die verflossenen Minuten anzeigte. »Nur noch zwei Stunden zu warten«, hieß es um sechs Uhr, und der Ton freudiger Erwartung, in dem dieser Satz gesprochen wurde, offenbarte den Geist der Menge.

Es schlug sieben, und das ärgerliche Gesumme der Reden verstummte. London wartete schweigend und mit schnell pochendem Herzen, daß die letzte Stunde auf dem Zifferblatt der großen Uhr endlich vorüberging. Man hatte die Vereinbarungen in Downing Street ein wenig abgeändert, so daß Sir Philip kurz nach sieben Uhr abends die Tür seines Arbeitszimmers öffnete und dem Kommissar und Inspektor Falmouth winkte, näher zu treten. Sie gingen auf ihn zu und blieben ein paar Schritte vor ihm stehen.

Der Minister war blaß, und sein Gesicht hatte Falten, die vorher nicht darin zu bemerken waren. Doch seine Hand, die das gedruckte Papier hielt, zitterte nicht, und seine Gesichtszüge waren nicht zu enträtseln.

»Ich werde jetzt meine Tür zuschließen«, sagte er ruhig. »Ich nehme an, daß die Vereinbarungen, die wir getroffen haben, eingehalten werden.«

»Ja, Sir«, antwortete der Kommissar schlicht.

Sir Philip wollte etwas sagen, hielt sich jedoch plötzlich

zurück und fuhr erst nach einer Weile wieder fort: »Ich habe nach meiner eigenen Erkenntnis rechtlich gehandelt«, sagte er halb zu sich selbst. »Was auch immer geschehen mag, so bin ich damit zufrieden, das Richtige getan zu haben. – Was ist das?«

Über den Korridor her hörte man ein schwaches Brausen.

»Das Volk – es jubelt Ihnen zu«, sagte Falmouth, der eben von einer Inspektionsrunde zurückgekommen war.

Der Minister verzog den Mund zu einem verächtlichen Lächeln, und der bei ihm so bekannte höhnische Ton klang wieder in seiner Stimme, als er bitter bemerkte:

»Sie werden schrecklich enttäuscht sein, wenn nichts geschieht. Das Volk! Gott schütze mich vor dem Volk, vor seiner Sympathie, vor seinem Beifall und vor seinem unerträglichen Mitleid.«

Er wandte sich um, stieß die Tür zu seinem Arbeitszimmer auf, schloß die große Flügeltür langsam wieder, und die beiden Männer hörten das Einschnappen des Schlosses, als er den Schlüssel darin umdrehte. Falmouth sah auf seine Uhr.

»Noch vierzig Minuten«, lautete seine lakonische Bemerkung.

Die Vier Gerechten standen im Finstern.

»Es ist beinahe Zeit«, sagte die Stimme Manfreds, und Thery schlürfte vorwärts und tastete suchend auf dem Boden nach etwas herum.

»Lassen Sie mich ein Streichholz anzünden«, brummte er auf spanisch.

»Nein!«

Es war Poiccarts strenge Stimme, die ihn zurückhielt.

Gonsalez aber bückte sich schnell und fuhr mit geschickten Fingern über den Fußboden.

Er fand einen Draht und reichte ihn Thery hin, dann

griff er hinauf und fand einen zweiten, und Thery verband die beiden mit geübten Händen miteinander.

»Ist es nicht schon Zeit?« fragte Thery ein wenig außer Atem vor Anstrengung.

»Warten Sie.«

Manfred schaute auf das leuchtende Zifferblatt seiner Taschenuhr. Schweigend warteten sie zusammen.

»Es ist Zeit«, sagte Manfred feierlich, und Thery streckte die Hand aus.

Streckte die Hand aus – stöhnte und fiel zu Boden.

Die drei hörten das Stöhnen, fühlten mehr, als daß sie es sahen, wie der Mann schwankte, und hörten, wie er mit einem dumpfen Schlag zu Boden fiel.

»Was ist geschehen?« flüsterte eine ruhige Stimme. Es war Gonsalez.

Manfred war an Therys Seite und tastete an seinem Hemd herum.

»Thery hat gepfuscht und hat die Folgen selbst bezahlt«, sagte er mit leiser Stimme.

»Und Ramon . . .«

»Wir werden sehen, wir werden sehen«, sagte Manfred, immer noch die Hand auf dem Herzen des gefallenen Mannes.

Diese vierzig Minuten waren die längsten, die Falmouth je verbracht zu haben meinte. Er hatte versucht, sich die Zeit zu vertreiben, indem er einige der berühmtesten Kriminalfälle erzählte, in denen er eine führende Rolle gespielt hatte. Seine Zunge folgte unwillig seinen unsteten, wandernden Gedanken, er sprach unzusammenhängend und beinahe hysterisch. Es war Befehl erteilt worden, nur im Flüsterton zu sprechen, und es herrschte vollkommenes Schweigen, bis auf ein Gemurmel, wenn eine notwendige Frage gestellt und beantwortet werden mußte.

Kriminalbeamte befanden sich in jedem Zimmer, auf

dem Dach, im Keller und in jedem Korridor, und jeder von ihnen war bewaffnet. Falmouth sah sich um. Er saß im Arbeitszimmer des Sekretärs. Jede Tür stand weit offen, so daß jeder von den Polizisten den anderen sehen konnte.

»Ich kann mir nicht vorstellen, was geschehen könnte«, flüsterte Falmouth zum zwanzigstenmal seinem Vorgesetzten zu. »Es ist unmöglich, daß diese Leute ihr Versprechen halten können – absolut unmöglich.«

»Für mich steht die Frage so: werden sie ihr anderes Versprechen halten?« erwiderte der Kommissar. »Werden sie, wenn sie sehen, daß es ihnen diesmal nicht geglückt ist, den Plan gänzlich aufgeben? Eines ist sicher«, fuhr er nach einer Weile fort, »kommt Ramon diesmal mit dem Leben davon, so wird sein vertracktes Gesetz ohne Opposition durchgehen.«

Der Kommissar sah auf die Uhr. Genauer gesagt, er hatte die Uhr, seitdem Sir Philip in sein Zimmer gegangen war, in der Hand behalten.

»Es fehlen noch fünf Minuten.« Er seufzte schwer.

Leise ging er zur Tür von Sir Philips Arbeitszimmer und horchte.

»Ich höre nichts«, sagte er.

Die nächsten fünf Minuten vergingen noch langsamer als die vorigen.

»Jetzt ist es Schlag acht Uhr«, sagte Falmouth mit gepreßter Stimme, »wir haben . . .«

Aus der Ferne hörte man die große Uhr des Parlaments schlagen.

»Die Stunde!« flüsterte er, und beide Männer horchten auf.

»Zwei«, Falmouth zählte langsam die Glockenschläge.

»Drei.«

»Vier.«

»Fünf . . . was war das?« stieß er aufgeregt hervor.

»Ich habe nichts gehört . . . doch, ja, ich höre etwas.«

Er sprang zur Tür und beugte den Kopf zum Schlüsselloch hinab. »Was ist das? Was . . .«

Dann drang aus dem Zimmer ein kurzer, lauter Schmerzensschrei, ein Sturz – nicht mehr.

»Schnell – hierher, Leute!« schrie Falmouth und stemmte sich mit aller Kraft gegen die Tür.

Sie rührte sich nicht.

»Zusammen!«

Drei kräftige Polizisten warfen sich gegen die Täfelung der Tür, so daß sie aufsprang.

Falmouth und der Kommissar stürzten ins Zimmer.

»Mein Gott!« rief Falmouth entsetzt.

Über den Tisch gesunken, an dem er gesessen hatte, lag die Gestalt des Ministers.

Die Gegenstände, die auf dem Schreibtisch gestanden hatten, lagen verstreut auf dem Boden umher.

Der Kommissar trat auf die zusammengesunkene Gestalt des Ministers zu und richtete sie auf. Ein Blick auf das Antlitz des Mannes genügte.

»Tot!« flüsterte er mit heiserer Stimme. Er sah sich prüfend um – mit Ausnahme der Polizei und der Leiche des Ministers war das Zimmer leer.

10

Der Gerichtssaal war heute wieder bis auf den letzten Platz besetzt. Man erwartete die Zeugenaussagen des Polizeikommissars und des berühmten Arztes, Sir Francis Katling.

Vor Beginn der Verhandlung bemerkte der Vorsitzende, daß er von allen möglichen Leuten eine große Menge von Briefen erhalten habe, die sich mit den verschiedensten Theorien – einzelne davon waren besonders phantastisch –

über die Ursache des Todes von Sir Philip Ramon beschäftigten.

»Die Polizei teilte mir mit«, sagte der Vorsitzende, »daß sie für jede Anregung, auch für die ausgefallenste, dankbar wäre!«

Der Polizeikommissar war der erste Zeuge, der aufgerufen wurde. Er gab eine detaillierte Schilderung der Ereignisse, die vor der Auffindung der Leiche des Ministers stattgefunden hatten. Dann kam er zur näheren Beschreibung des Zimmers. Schwere Bücherregale bedeckten zwei Wände des Raumes, die dritte oder südwestliche Seite war von drei Fenstern unterbrochen, die vierte wurde von einem amerikanischen Rollkasten ausgefüllt.

»Waren die Fenster geschlossen?«

»Ja.«

»Und angemessen geschützt?«

»Ja, durch hölzerne Fensterläden, die noch durch je eine Stahlplatte gesichert waren.«

»Fand man irgendwelche Anzeichen, daß daran herumhantiert worden war?«

»Nein, nicht die geringsten.«

»Haben Sie eine genaue Durchsuchung des Zimmers anstellen lassen?«

»Ja, es wurde alles aufs gründlichste durchsucht.«

Der Obmann der Geschworenen warf ein: »Unmittelbar darauf?«

»Ja, sofort nachdem die Leiche entfernt worden war, ist jedes einzelne Möbelstück aus dem Zimmer genommen worden, die Teppiche wurden aufgehoben und die Wände und die Decke abgebrochen.«

»Und es wurde nichts gefunden?«

»Nein, nichts.«

»Befindet sich in dem Raum ein Kamin?«

»Ja.«

»Besteht die Möglichkeit, daß jemand auf diesem Weg in das Zimmer eingedrungen sein kann?«

»Nein, das ist ganz ausgeschlossen.«

»Haben Sie die Zeitungen gelesen?«

»Ja, einige.«

»Haben Sie darin die Annahme gefunden, daß der Verstorbene vielleicht durch ein tödliches Gas ermordet wurde?«

»Ja.«

»Wäre das möglich gewesen?«

»Nein, ich glaube nicht.«

Der Obmann der Geschworenen: »Haben Sie irgendein Mittel gefunden, wodurch ein solches Gas hätte eingeführt werden können?« – (Der Zeuge zögert.)

»Nein, bis auf ein altes Gasrohr, das nicht mehr in Gebrauch war, und das oberhalb des Schreibtisches eine Öffnung hatte.« (Bewegung im Publikum.)

»Hat irgend etwas auf das Vorhandensein eines solchen Gases schließen lassen?«

»Nein, nichts.«

»Kein Geruch?«

»Nicht der geringste.«

»Es gibt aber Gase, die tödlich und zugleich geruchlos sind – Kohlendioxyd zum Beispiel.«

»Ja, das gibt es.«

Vom Obmann der Geschworenen: »Haben Sie die Luft auf das Vorhandensein eines solchen Gases hin untersuchen lassen?«

»Nein, aber ich betrat das Zimmer, bevor es sich hätte verflüchtigen können. Ich hätte es also bemerken müssen.«

»War das Zimmer irgendwie in Unordnung?«

»Ja.«

»Wollen Sie bitte genau beschreiben, in welchem Zustand Sie den Schreibtisch fanden?«

»Nur ein oder zwei von den schweren Gegenständen, die

sonst auf dem Schreibtisch standen, wie zum Beispiel der silberne Kerzenleuchter usw., waren dort zurückgeblieben. Auf dem Boden lagen eine Menge Papiere, das Tintenfaß, eine Feder und dies«, bei dieser Bemerkung nahm der Zeuge eine Tasche in die Hand und entnahm ihr einen kleinen, schwarzen Gegenstand, eine zerbrochene Blumenvase mit einer Menge verschrumpfter Rosen.

»Fand man etwas in der Hand des toten Mannes?«

»Ja, ich fand dies hier.«

Der Detektiv hielt eine verwelkte Rosenknospe empor, und ein Schauer des Entsetzens lief durch den Saal.

»Ist das eine Rose?«

Der Vorsitzende überflog den geschriebenen Bericht des Kommissars. »Haben Sie an der Hand des Verstorbenen etwas Auffallendes bemerkt?«

»Ja, dort wo die Blume war, befand sich ein runder, schwarzer Fleck.« (Bewegung.)

»Können Sie sich das erklären?«

»Nein.«

Der Obmann der Geschworenen: »Was haben Sie veranlaßt, als Sie das entdeckten?«

»Ich ließ die Blumen sorgfältig sammeln und so viel Wasser als möglich durch Löschpapier aufsaugen; dies wurde der amtlichen Stelle zum Analysieren übersandt.«

»Kennen Sie das Ergebnis der Analyse?«

»Ja.«

Der Kommissar gab dann noch Details an über die Abmachungen, die für den betreffenden Tag getroffen worden waren. Er stellte mit Nachdruck fest, daß es unmöglich gewesen wäre, daß irgend jemand das Haus Downing Street Nr. 44 unbemerkt hätte betreten oder verlassen können. Unmittelbar nach dem Mord wurde der Befehl erteilt, daß die diensthabenden Polizisten sich nicht entfernen durften. Die meisten seiner Leute waren 26 Stunden im Dienst.

In diesem Augenblick wurde im Verhör derjenige Punkt berührt, der das größte Aufsehen erregte. Die Frage kam so unvermittelt, daß sie beinahe wie ein Theatereffekt wirkte. Sie war vom Vorsitzenden gestellt worden, der sich immerwährend auf den vorliegenden Bericht des Kommissars bezog.

»Sie haben von einem Mann namens Thery gehört?«

»Ja.«

»Er war einer der Bande, die sich die Vier Gerechten nennt?«

»Ich glaube, ja.«

»Es wurde eine Belohnung für seine Verhaftung ausgesetzt?«

»Ja.«

»Er steht unter dem Verdacht der Mitschuld an der Ermordung Sir Philip Ramons?«

»Ja.«

»Hat man den Mann gefunden?«

»Ja.«

Dieses einsilbige Wörtchen entlockte der Zuhörerschaft einen unwillkürlichen Ausruf des Erstaunens.

»Wann ist er gefunden worden?«

»Heute morgen.«

»Wo?«

»Auf den Romney Marshes.«

»War er tot?«

»Ja.« (Bewegung.)

»Hat man irgend etwas Besonderes an der Leiche bemerkt?« (Alle im Saal horchten mit angehaltenem Atem auf die Antwort.)

»Ja. An seiner rechten Handfläche fand man einen ähnlichen Fleck wie an der Hand Sir Philip Ramons!«

Ein Schauer lief durch die Zuhörerschaft.

»Hat man auch in seiner Hand eine Rose gefunden?«

»Nein.«

Der Obmann der Geschworenen: »Hat man irgendwelche Anzeichen gefunden, wie Thery da hinkam, wo man ihn fand?«

»Nein.«

Der Zeuge fügte hinzu, man habe keinerlei Papiere oder Dokumente bei dem Mann gefunden.

Der nächste Zeuge war Sir Francis Katling.

Er wurde vereidigt, man erteilte ihm das Wort zur Zeugenaussage. Zuerst breitete er auf dem Tisch vor sich die umfangreichen Notizen aus, die er über seine Wahrnehmungen gemacht hatte.

Eine halbe Stunde widmete er lediglich dem fachmännischen Bericht über seine Untersuchung. Er stellte drei Möglichkeiten für die Ursache des eingetretenen Todes fest. Es konnte eine natürliche Ursache gewesen sein: der Mann hatte ein so schwaches Herz, daß dies Grund genug für den eingetretenen Tod gewesen sein mochte. Es konnte ein Erstickungstod gewesen sein oder die Folge eines Schlages, der durch irgendeine ungewöhnliche Methode keine Spuren hinterlassen hatte.

»Fand man Anzeichen einer Vergiftung?«

»Nein.«

»Haben Sie die Aussage des vorherigen Zeugen gehört?«

»Ja.«

»Auch jenen Teil der Aussage, die von dem schwarzen Fleck berichtete?«

»Ja.«

»Haben Sie den Fleck untersucht?«

»Ja.«

»Haben Sie sich irgendeine Theorie zurechtgelegt, wodurch die Entstehung dieses Fleckes erklärt werden kann?«

»Ja. Es scheint mir, als wäre er durch eine Säure verursacht worden.«

»Karbolsäure, zum Beispiel?«

»Ja. Aber es konnten keine Spuren irgendeiner bekannten Säure festgestellt werden.«

»Haben Sie die Hand dieses Mannes namens Thery gesehen?«

»Ja.«

»Hatte der Fleck den gleichen Charakter?«

»Ja, nur größer war er und unregelmäßiger.«

»Hat man daran die Spur irgendeiner Säure aufdecken können?«

»Nein.«

Der Obmann der Geschworenen: »Haben Sie von den vielen phantastischen Theorien gelesen, die die Presse publiziert hat?«

»Ja. Ich habe sie sorgfältig überprüft.«

»Und Sie können nichts daraus entnehmen, was Sie zu der Überzeugung bringen könnte, daß eine der angeführten Methoden zur Ermordung des Verstorbenen geführt hat?«

»Nein.«

»Gas?«

»Ausgeschlossen, das hätte sofort entdeckt werden müssen.«

»Die Einleitung irgendeines besonderen Giftes in das Zimmer, was eine Erstickung hervorgerufen hätte, ohne irgendwelche Spuren zu hinterlassen?«

»Ein solches Gift ist nicht bekannt.«

»Haben Sie die Rose in der Hand Sir Philips gesehen?«

»Ja.«

»Wie können Sie das erklären?«

»Ich kann es mir nicht erklären.«

»Auch nicht den Fleck?«

»Nein.«

Der Obmann der Geschworenen: »Haben Sie sich keine Meinung über die Ursache des Todes zurechtgelegt?«

»Nein. Ich kann nur die drei Möglichkeiten, die ich angeführt habe, in Betracht ziehen.«

»Glauben Sie an Hypnose?«

»Ja, bis zu einem gewissen Grad.«

»Ist es möglich, daß das so nachdrücklich und immer wieder angedrohte Eintreten des Todes tatsächlich zum Tode führen kann?«

»Ich verstehe die Frage nicht ganz.«

»Ist es möglich, daß der Verstorbene einem hypnotischen Auftrag zum Opfer gefallen ist?«

»Das halte ich nicht für möglich.«

Der Obmann: »Sie sprachen von einem Schlag, der keine Spuren hinterläßt. Ist Ihnen in der Praxis schon jemals ein solcher Fall vorgekommen?«

»Ja, zweimal.«

»Ohne irgendeine Spur hinterlassen zu haben?«

»Ja. Ich habe einmal einen Fall in Japan gesehen, wo jemand durch einen gewissen Druck auf den Hals den augenblicklichen Tod herbeigeführt hat.«

»Kommt das öfters vor?«

»Nein, ungemein selten. So selten, daß der Fall in medizinischen Kreisen großes Aufsehen erregt hatte. Es wurde darüber 1896 im ›British Medical Journal‹ berichtet.«

»Und es entstanden keinerlei Verletzungen, keine Quetschungen?«

»Nein, nichts dergleichen.«

Dann las der berühmte Arzt eine lange Abhandlung aus dem »British Medical Journal« vor, die diesen Fall behandelte.

»Sind Sie der Meinung, daß der Verstorbene auf diese Weise ums Leben gekommen ist?«

»Es ist möglich.«

Der Obmann: »Stellen Sie das als ernste Möglichkeit auf?«

»Ja.«

Danach wurde die Verhandlung geschlossen, nachdem nur noch einige rein fachtechnische Fragen gestellt worden waren.

Als der berühmte Arzt die Zeugenbank verlassen hatte, war das Publikum sichtlich enttäuscht, was sich durch ein lebhaftes Gemurmel der Zuhörer von allen Seiten kundtat. Man hatte erhofft, daß die Zeugenaussagen des medizinischen Sachverständigen manche unerklärlichen Dinge aufklären würden, aber das Mysterium des Todes von Sir Philip Ramon blieb ebenso dunkel wie vorher.

Der nächste Zeuge, der aufgerufen wurde, war Inspektor Falmouth.

Der Detektiv, der mit klarer Stimme seine Aussage machte, war von der ganzen Sache sichtlich sehr betroffen. Er schien das offenkundige Versagen der polizeilichen Gewalt, die das Leben des verstorbenen Ministers nicht zu schützen vermochte, sehr beschämend und schmerzlich zu empfinden. Es ist ein offenes Geheimnis, daß kurz nach diesem tragischen Ereignis sowohl der Kommissar als auch der Inspektor ihre Demission einreichten, der jedoch auf den ausdrücklichen Wunsch des Premierministers hin nicht stattgegeben wurde.

Inspektor Falmouth wiederholte einen großen Teil der Tatsachen, die bereits durch die Zeugenaussage des Kommissars bekanntgeworden waren, und erzählte, wie er zur Zeit der Tragödie vor der Tür des Außenministers gewartet hatte. Während er von den Einzelheiten dieses Abends berichtete, herrschte im ganzen Saal Totenstille.

»Sie sagten, daß Sie ein Geräusch gehört haben?«

»Ja.«

»Was war das für ein Geräusch?«

»Das ist schwer zu beschreiben. Es war eines jener undefinierbaren Geräusche, wie wenn ein Stuhl auf einer weichen Unterlage gerückt wird.«

»Konnte es das Geräusch einer Schiebetür sein?«

»Ja.« (Bewegung.)

»Ist es das Geräusch, das Sie auch in Ihrem Bericht beschrieben haben?«

»Ja.«

»Hat man irgendeine Schiebetür gefunden?«

»Nein.«

»Oder eine verschiebbare Wand?«

»Nein.«

»Hätte sich jemand in den Bücherschränken oder im Rollkasten verstecken können?«

»Nein, die sind untersucht worden.«

»Was geschah dann?«

»Ich hörte ein Knipsen und einen Schrei von Sir Philip, und dann versuchte ich die Tür zu öffnen.«

Der Obmann: »War sie verschlossen?«

»Ja.«

»Und Sir Philip war allein?«

»Ja, er hatte es ausdrücklich so gewünscht. Er hatte diesen Wunsch schon vorher geäußert.«

»Haben Sie nach dem tragischen Vorfall das Haus von innen und außen systematisch durchsucht?«

»Ja.«

»Haben Sie irgend etwas gefunden?«

»Nichts. Ich stellte eine Tatsache fest, die an sich seltsam ist, die jedoch mit dem Fall selbst kaum in einen Zusammenhang gebracht werden kann.«

»Was war das?«

»Nun, man fand auf dem Fenstersims des Zimmers zwei tote Spatzen.«

»Sind sie untersucht worden?«

»Ja. Doch der Arzt, der sie seziert hat, gab an, daß sie entweder Hungers oder vor Kälte gestorben sind.«

»Fand man Spuren von Gift an diesen Vögeln?«

»Nein, es konnte nichts dergleichen festgestellt werden.«

Hier wurde Sir Francis Katling noch einmal aufgerufen. Er hatte die Vögel gesehen und keinerlei Giftspuren gefunden.

»Unter der Voraussetzung des Vorhandenseins eines solchen Gases, von dem wir schon gesprochen haben – eines tödlichen Gases, das sich ungemein schnell verflüchtigt –, könnte da nicht eine winzige Menge davon den Tod dieser Vögel verursacht haben?«

»Ja, wenn sie sich auf dem Fensterbrett aufgehalten haben, schon.«

Der Obmann: »Glauben Sie, daß diese Vögel mit der Sache irgendwie im Zusammenhang stehen?«

»Nein, das glaube ich nicht«, erwiderte der Zeuge sehr bestimmt.

Die Zeugenaussage des Inspektors Falmouth wurde wieder aufgenommen.

»Haben Sie noch andere auffallende Dinge bemerkt?«

»Nein.«

Hierauf fuhr der Vorsitzende fort, den Zeugen über die Beziehungen von Marks zur Polizei zu befragen. Hatte man einen ähnlichen Fleck, wie er an der Hand Sir Philips und dieses Mannes namens Thery zu sehen war, auch an Marks gefunden?

»Nein.«

Die Verhandlung wurde geschlossen, und die Leute im Saal standen in kleinen Gruppen zusammen, um das seltsamste Urteil, das je von einem Gericht gefällt worden war, zu besprechen. Es lautete:

»Tod durch unbekannte Ursache und vorsätzlicher Mord durch einen oder mehrere unbekannte Täter.«

Der Vorsitzende begegnete an der Türschwelle einem bekannten Gesicht.

»Hallo, Carson!« sagte er erstaunt, »Sie sind auch hier? Ich dachte, daß Ihre Konkurse Ihnen nicht einmal an einem solchen Tag Zeit ließen. Merkwürdiger Fall, nicht?«

»Sehr merkwürdig«, stimmte der andere bei.

»Waren Sie die ganze Zeit über hier?«

»Ja«, erwiderte der Zuhörer.

»Haben Sie bemerkt, was für einen guten Obmann wir haben?«

»Ja, ich glaube, er täte besser daran, Rechtsanwalt zu werden, statt Gesellschaften zu gründen.«

»Kennen Sie ihn denn?«

»Ja«, bemerkte der Konkursverwalter gähnend. »Der arme Teufel hat geglaubt, er würde die Welt umrennen mit seiner Idee, eine Gesellschaft zur Herstellung fotochemischer Reproduktionen und dergleichen zu gründen – hat uns die Anstalt Etheringtons abgenommen, aber jetzt bekommen wir sie schon wieder zurück.«

»Ist er in Konkurs gegangen?« fragte der Vorsitzende erstaunt.

»Nicht gerade das. Er will die Sache nur wieder aufgeben. Er sagt, das Klima behagt ihm nicht – wie heißt er nur schnell?«

»Manfred«, sagte der Vorsitzende.

11

Falmouth saß vor dem Schreibtisch dem Polizeikommissar gegenüber. Er hielt die Hände auf dem Tisch verschränkt, und ein graues Blatt Briefpapier lag auf der Schreibmappe vor ihnen.

Der Kommissar nahm es zur Hand und las es schon zum zehntenmal wieder; es lautete:

Wenn Sie dieses bekommen, sind wir, die wir uns in Ermangelung eines besseren Namens ›Die Vier Gerechten‹ nennen, bereits über ganz Europa verstreut, und es ist ziemlich unwahrscheinlich, daß Sie unsere Spur werden verfolgen können. Wir sagen, ohne uns brüsten zu wollen: Wir haben vollendet, was wir uns vorgenommen haben. Wir wiederholen ohne irgendwelche Heuchelei: Es tut uns leid, gezwungen worden zu sein, diesen Schritt zu unternehmen.

Es könnte scheinen, als wäre Sir Philip Ramons Tod ein unglücklicher Zufall gewesen. Wir gestehen: Thery hat gepfuscht – und mußte dafür büßen. Wir waren zu sehr von seinem technischen Können abhängig. Sie werden vielleicht durch emsiges Nachforschen das Mysterium von Sir Philips Tod noch aufdecken – wenn Ihr Suchen erfolgreich ist, so werden Sie die Richtigkeit unserer Behauptungen erkennen. Leben Sie wohl.

»Der Brief sagt uns gar nichts«, bemerkte der Kommissar.

Falmouth schüttelte verzweifelt den Kopf.

»Nachforschen!« sagte er erbittert. »Wir haben das Haus in Downing Street von oben bis unten durchsucht – wo sollen wir denn noch suchen?«

»Haben Sie nicht irgendwelche Papiere unter den Schriften Sir Philips gefunden, die Sie vielleicht auf die Spur bringen könnten?«

»Wir haben keine gesehen.«

Der Kommissar kaute nachdenklich an seinem Federhalter.

»Hat man auch in seinem Landhaus nachgesucht?«

Falmouth runzelte die Stirn.

»Nein, das habe ich nicht für notwendig gehalten.«

»Auch nicht am Portland Place?«

»Nein, das Haus war zur Zeit des Mordes abgeschlossen.«

Der Kommissar erhob sich.

»Versuchen Sie es mit Portland Place«, riet er dem Detektiv. »Das Haus ist augenblicklich in den Händen des Testamentsvollstreckers von Sir Philip.«

Der Detektiv ließ einen Wagen rufen, und eine Viertelstunde später klopfte er an das düstere Portal des Stadthauses, das der verstorbene Minister bewohnt hatte. Ein Diener mit feierlichem Gesicht öffnete die Tür. Es war Sir Philips Kammerdiener, den Falmouth gut kannte und den er mit einem freundlichen Kopfnicken begrüßte.

»Ich will das Haus durchsuchen lassen, Perks«, sagte er. »Ist alles am alten Platz geblieben?«

Der Mann nickte.

»Ja, Herr Falmouth«, erwiderte er, »es ist alles so, wie Sir Philip es verlassen hat. Die Herren vom Gericht haben noch nicht einmal das Inventar aufgenommen.«

Falmouth schritt durch die kalte Halle in das gemütliche, kleine Zimmer, das für den Kammerdiener bestimmt war.

»Ich möchte gerne mit dem Arbeitszimmer anfangen«, sagte er.

»Ich fürchte, das wird seine Schwierigkeiten haben«, sagte Perks respektvoll.

»Warum?« fragte Falmouth streng.

»Es ist das einzige Zimmer im ganzen Haus, zu dem wir keinen Schlüssel haben. Sir Philip hatte ein besonderes Schloß an der Tür seines Arbeitszimmers und trug den Schlüssel stets bei sich. Sie verstehen wohl, als Minister, und da er sehr vorsichtig war, legte er großen Wert darauf, daß niemand sein Arbeitszimmer betrat.«

Falmouth überlegte einen Augenblick.

Es waren eine Menge Schlüssel von Sir Philip in Scotland Yard deponiert worden.

Er kritzelte ein paar Worte auf eine Karte und schickte einen Boten mit einem Wagen nach Scotland Yard.

Während er wartete, fragte er den Kammerdiener ein wenig aus.

»Wo waren Sie, als der Mord begangen wurde, Perks?« fragte er.

»Auf dem Land. Sir Philip hatte alle seine Leute fortgeschickt, wie Sie sich noch erinnern werden.«

»Und das Haus?«

»Das Haus war leer, vollständig leer.«

»Fanden Sie bei Ihrer Rückkehr irgendwelche Anzeichen, daß jemand versucht hatte, hier einzudringen?«

»Nein, Herr. Es wäre auch beinahe unmöglich gewesen, in das Haus cinzubrechen. Es sind Alarmglocken da, die mit der Wachstube in Verbindung stehen, und die Fenster sind automatisch verschlossen.«

»Haben Sie auch an den Türen oder Fenstern selbst keinerlei Spuren gefunden, die auf einen Einbruchsversuch schließen ließen?«

Der Kammerdiener schüttelte energisch den Kopf.

»Nein. Ich hätte bei Verrichtung meiner täglichen Arbeiten unbedingt jede kleinste Beschädigung eines Türanstrichs bemerken müssen.«

Eine halbe Stunde später kehrte der Bote in Begleitung eines Detektivs zurück, und Falmouth nahm diesem einen Schlüsselbund ab.

Der Kammerdiener führte sie in den ersten Stock hinauf.

Er zeigte ihnen das Arbeitszimmer. An der schweren Eichentür war ein winziges Schloß angebracht.

Falmouth suchte sorgfältig einen Schlüssel aus. Zweimal versuchte er es ohne Erfolg, doch beim dritten Versuch schnappte das Schloß ein, und die Tür öffnete sich.

Er blieb einen Augenblick lang an der Schwelle stehen, denn das Zimmer war völlig dunkel.

»Ich habe vergessen«, sagte Perks, »die Fensterläden sind geschlossen – soll ich sie öffnen?«

In wenigen Augenblicken war das Zimmer von Licht überflutet.

Es war ein einfach eingerichtetes Zimmer, ziemlich ähnlich dem, in dem der Außenminister seinen Tod gefunden hatte. Es roch ein wenig dumpf nach altem Leder, und die Wände des Zimmers waren mit Bücherregalen bedeckt. In der Mitte stand ein großer Mahagonischreibtisch, auf dem ordentlich geschichtet einige Aktenbündel lagen.

Falmouth warf einen schnellen, doch prüfenden Blick auf den Schreibtisch. Eine dicke Staubschicht bedeckte ihn. An dem einen Ende, in Reichweite des leeren Stuhles, stand ein gewöhnliches Tischtelefon. »Keine Glocken?« fragte Falmouth.

»Nein«, erwiderte der Kammerdiener. »Sir Philip konnte den Lärm der Glocken nicht leiden – sie durften immer nur surren.«

Falmouth erinnerte sich dessen.

»Ja, richtig«, sagte er schnell. »Ich erinnere mich – hallo!«

Er beugte sich neugierig vor.

»Was ist denn mit diesem Telefon passiert?«

Die Frage war begreiflich, denn die Stahlbestandteile des Apparates waren ganz verbogen und verdreht. Von dem Leitungsdraht, der den Apparat mit der Welt draußen verband, war nichts übriggeblieben als ein verworrenes Stückchen farbloser Draht.

Die Tischplatte, auf der das Telefon stand, hatte Blasen bekommen, wie unter der Einwirkung großer Hitze.

Der Detektiv holte tief Atem.

Dann wandte er sich an seinen Untergebenen.

»Laufen Sie hinüber in die Regent Street zu Miller, dem Elektriker, und bitten Sie ihn, sofort hierher zu kommen.«

Er starrte noch immer das Telefon an, als der Elektriker kam.

»Herr Miller«, sagte Falmouth langsam, »was ist mit diesem Telefon geschehen?«

Der Elektriker setzte seinen Zwicker auf und untersuchte den demolierten Apparat.

»Hm«, sagte er, »es sieht beinahe so aus, als ob irgendein Streckenarbeiter geradezu verbrecherisch unvorsichtig gewesen wäre.«

»Streckenarbeiter? Was meinen Sie damit?« fragte Falmouth.

»Ich meine einen der Leute, die die Telefondrähte legen.« Er fuhr in seinen Untersuchungen fort.

»Sehen Sie das denn nicht?«

Er deutete auf den zertrümmerten Apparat.

»Ich sehe, daß das Telefon ruiniert worden ist, aber wodurch?«

Der Elektriker bückte sich und hob den verbrannten Draht vom Boden auf.

Dann sagte er: »Ich meine folgendes: Jemand hat einen Hochspannungsdraht, wahrscheinlich einen Lichtdraht, mit diesem Telefonleitungsdraht verbunden, und wenn irgend jemand zufällig am ...« Er hielt plötzlich inne und wurde kreidebleich.

»Du lieber Gott!« flüsterte er. »Sir Philip Ramon ist bestimmt durch elektrischen Strom getötet worden!«

Eine Weile sprach niemand ein Wort. Dann fuhr Falmouth mit der Hand in die Tasche und zog das kleine Notizbuch heraus, das Billy Marks gestohlen hatte.

»Das ist die Lösung«, rief er. »Das ist der Plan, wo die Drähte zu laufen hatten, aber wieso ist der Telefonapparat in Downing Street nicht ebenso zerstört worden wie dieser hier?«

Der bleiche und zitternde Elektriker schüttelte ungeduldig den Kopf.

»Ich habe es aufgegeben, mir über die verschiedenen Launen der Elektrizität Rechenschaft geben zu wollen«, sagte er. »Übrigens kann die volle Stromstärke abgelenkt worden sein – es ist vielleicht Kurzschluß eingetreten –, irgend etwas kann dazwischen gekommen sein.«

»Warten Sie einen Augenblick«, sagte Falmouth aufgeregt. »Angenommen, der Mann, der die Verbindung hergestellt hat, hätte gepfuscht, wurde dabei von der vollen Stromstärke selbst getroffen, hätte das ein ähnliches Resultat herbeiführen können?«

»Es ist möglich . . .«

»Thery hat gepfuscht – und die Strafe dafür bezahlt«, zitierte Falmouth nachdenklich und langsam. »Ramon hat einen leichten Schlag bekommen – gerade genug, um ihn zu erschrecken, denn er hatte ein schwaches Herz, dann die Brandstelle an der Hand, die toten Spatzen! Bei Gott! Es ist alles so klar wie der Tag!«

Später drang die Polizei mit starkem Wach-Aufgebot in das Haus in der Carnaby Street ein. Doch man fand nichts weiter als eine halbgerauchte Zigarette, die die Marke einer Londoner Firma trug, und das Kontrollblatt eines Schiffsbillets nach New York.

Es war für die ›R. M. S. Lucania‹ ausgestellt und hatte für drei Passagiere erster Klasse Gültigkeit.

Als die ›Lucania‹ in New York ankam, wurde sie vom Bug bis zum Heck durchsucht, doch die Vier Gerechten konnten nicht gefunden werden.

Diese »Spur« hatte Gonsalez nur für die Polizei hinterlassen.